連醫生和護理師都避而不談的

醫院鬼話

永續圖書線上購物網
讀品文化事業有限公司

www.foreverbooks.com.tw

yungjiuh@ms45.hinet.net

鬼物語系列 33

連醫生和護理師都避而不談的醫院鬼話

著　沉遇
出版者　讀品文化事業有限公司
責任編輯　曾瑞玲
封面設計　林鈺恆
美術編輯　王國卿

總經銷　永續圖書有限公司
TEL／(02)86473663
FAX／(02)86473660
劃撥帳號　18669219
地址　22103 新北市汐止區大同路三段 194 號 9 樓之 1
TEL／(02)86473663
FAX／(02)86473660
出版日　2024 年 08 月

掃描填回函
好書隨時抽

國家圖書館出版品預行編目資料

連醫生和護理師都避而不談的醫院鬼話／沉遇著.
-- 初版. --新北市 ： 讀品文化, 民 113.08
面； 公分. --（鬼物語系列：33）
ISBN 978-986-453-206-3 (平裝)
863.57　　113007843

連醫生和護理師都避而不談的

醫院鬼話

目錄

第一章 魔焰

下班再搭個公車，到達醫院時，已經是下午六點半了。

蘇映雪踩著急促的腳步，趕到電梯門前按下按鈕，她這才有機會喘口氣。

今天是她第一次到醫院來，原本是她媽媽在照顧爺爺，可是媽媽已經請了太多天假，明天開始改由蘇映雪照顧爺爺。

電梯到了，可是門卻遲遲沒開，蘇映雪難免感到奇怪，電梯壞了？不可能吧！

她再次按按鈕。

電梯門緩緩開了，乍看裡面沒人，蘇映雪一腳跨進去，正要抬手按按鈕，身後忽傳來稚嫩童音：「九樓——」

嚇！蘇映雪大吃一驚，剛才電梯裡明明沒人呀？

她按下九樓按鈕，徐徐轉過頭——

一個看起來大約六歲左右的小女生，穿著醫院病人服，頭上綁著一條頭巾，一副乖萌的模樣，這麼小的孩子居然也住院？

蘇映雪心裡不由升起一股不捨。

「謝謝……」小女孩頭低低的說。

「呃，不客氣……。」不知怎地，蘇映雪語氣竟也跟著緩慢。

忽然想跟她說些什麼，但一來不認識她；二來，不知從何說起；第三，第一次來醫院，蘇映雪並不很熟悉這個環境，想想還是閉上嘴。

不久，九樓到了，小女生低著頭，輕輕走出去。

蘇映雪看到她腳步不太穩，細細的腿，好像不勝負荷。

她忽升起一股衝動——差點想扶她一把。

小女生身影消失在電梯前，門緩緩闔上……頓時，電梯停住。蘇映雪的人、心也停頓住。

好一會，她才醒悟過來，想到爺爺住七樓，於是按下七樓按鈕。

到了病房，爺爺正在吃晚飯，蘇映雪連忙上前幫爺爺。

「妳還沒吃晚飯吧？」

「還沒，爺爺，你看來精神不錯喔。」

「嗯！還好。」爺爺吞下口中食物，點點頭。

蘇映雪替爺爺舀湯，小心捧到爺爺面前。

「不必啦，我自己來。」

「媽媽讓我來，就是要我幫爺爺的呀。」

「妳總也要上班吧！妳上班時我怎麼辦？還不是要自己來。」

蘇映雪笑笑，坐下。

「行！我吃飽了。」爺爺推開餐盤。

蘇映雪這便收拾起餐盤，把盤子擱到門口。

隔壁床也是一位上了年紀的老先生，羨慕的說：

「喔！蘇老先生，你真好福氣，孫女這麼漂亮，又乖巧。」

「哪有，你不知道，在家裡，她天天跟我鬥嘴。」爺爺笑開了。

「那也是種幸福呀！」

住了幾天，蘇爺爺跟他混熟了，知道他的狀況也不搭腔，向蘇映雪道：

「小雪，快幫李爺爺收一下。」

原來，李爺爺早吃完飯，看到蘇映雪和爺爺的互動，羨慕而忘神的看著他祖孫倆。

聞言，蘇映雪忙走上前。倒是李老先生客氣的婉拒。

「老友，你就甭客氣了，她也只是晚上才有空過來，白天我們還不都得自己來。哈哈哈。」

聽到這話，李老先生不好再拒絕了。

從住院到現在，將近一個禮拜，李老先生的兒子，就只來過一次，其他時間說工作忙，無暇來照顧他。

☢

哇！醫院的餐廳，簡直不比菜市場差，不但熱鬧，菜色也相當豐富。

蘇映雪點好菜，找個僻靜座位坐下默默地吃。

忽然，旁邊傳來一聲濃濃吸鼻聲，一個婦女說道：

「妳看開一些吧。」

又是一聲吸鼻聲傳來。

蘇映雪悄悄回望，兩個婦女，一個看來福態，另一個又瘦又憔悴。吸鼻聲是那位又瘦又憔悴的婦女發出來的。

「那醫生怎麼說？」福態婦女問。

「醫生說，看能拖多久就多久。」又瘦又憔悴的婦女說完，她眼眶又紅了。

「妳已盡力了。」福態婦女拍拍瘦婦女的背。

「不然呢？我又有什麼辦法？我一個女人，拖著兩個孩子，如果不是妳幫忙，小辛恐怕早就……。」

「所以我說，妳盡力了就好，小辛爸爸知道嗎？」

蘇映雪偷偷瞄她倆一眼，瘦婦女搖頭：

「以前呀，他最疼小辛，自從有了那個女人，他……。」

「所以，妳沒告訴他？」

擦著眼角，瘦婦女好一會，才說：

「有用嗎？他還會關心小辛嗎？」

頓了頓，福態婦女撥著盤子：

「喝吧，湯都涼了。妳得先照顧好自己，妳家小強呢？」

「我託鄰居照料。小辛睡了我才能趕回去，怕小強哭著要找我。」

「嗯，所以妳要堅強點，小強還這麼小，需要妳。」

「小辛也才八歲，更需要我……。」

「兩個小孩都小，都需要妳，只能盡力而已。說穿了，孩子又不只是妳一個人的。」

福態婦女說著：「走到這個地步也不是妳願意的，看開些吧。」

蘇映雪看看瘦婦女，她皺緊眉頭，搖頭。

「我覺得，妳是不是該通知小辛爸爸？」

「我……也不知道，跟他說能有什麼用？」又瘦又憔悴的婦女說。

「可是……。」

「當初，就說定了，兩個孩子都歸我，他呀……他還樂得不必負責任。我不想再多看他一眼。」

兩個女人，沉默了好久。

福態婦女看一眼腕錶，說：

「改天再來看小辛，我該走了。」

「嗯。」瘦婦女站起來。

「一起走嗎？」

「我再去看看小辛，或許她還沒睡。」

「我先走了，妳自己要保重，多替小強想想，啊？」

望著兩個婦女的背影消失在餐廳門口，蘇映雪的餐也差不多用完了。

偷聽——不！是她倆剛好坐她隔壁，讓蘇映雪光明正大的聽到這些話，窺知她們的事！

一個男人有了另一個女人，拋棄了家庭。所以一個單親媽媽，獨自帶著兩個孩子生活，一個很小，另一個才八歲又生病了……。

唉唉……想到此，蘇映雪的心都糾結了。

心？她剛聽到這個小孩，叫小心？小新？還是小辛？

站起身，她收拾餐盤，好端端的，整個心都黯淡了。

醫院是生老病死的專屬地方，在這裡最能看出人生的悲、歡、離、合。

唉唷！幹嘛想這麼多？得趕快去照顧爺爺才是。

想到這裡，蘇映雪心中不禁揚起一股暖意，至少跟別人比起來，家裡還算幸福的啦！

☢

蘇映雪倚著牆角，跟護理站的護士黃小姐閒聊。

忽然走廊彼端，一個小得不能再小的身影，慢慢踱進……。

「呀？妳還沒睡呀？」護士小姐道。

蘇映雪轉頭看去，嚇！是她——那個在電梯裡遇到的小女孩。

「咦？黃小姐，」蘇映雪驚訝問道：「她……我記得她不是在九樓嗎？」

黃小姐點頭：「嗯，她知道我今天在七樓輪值，都會來找我聊天。」

說完，黃小姐轉向她：「妳這樣不行喔，要早些休息才好，姐姐不是跟妳說過了？」

「我睡不著。」小女孩可憐兮兮的表情，讓人不忍心再責備她。

小女孩轉向蘇映雪，臉上表情死板：「那天，謝謝妳幫我按電梯。」

「咦！妳還記得呀？」蘇映雪相當意外。

「嗯！好人我記得，壞人我也記得。」

黃護士笑了：「醫院裡都只有好人，沒有壞人。除非小孩不乖，才是壞……。」

「亂講！小孩子沒有壞人，只有大人才有壞人。」

黃護士和蘇映雪面面相覷，這小孩也太成熟了！大概是因為生病的關係。就這樣，三個人聊開來。

黃護士淨說些好笑好玩的事，就是有意逗她開心，可是蘇映雪發現她不常笑，至多會專注的回望著人，但雙眼裡，滿滿是疑惑眼神。

談天告一段落，小女孩忽然問蘇映雪：

「妳爸爸對妳好嗎？他疼不疼妳？」

「嗯，通常爸媽都很疼小孩呀，妳爸爸當然也疼妳囉。」

「才沒有！」她說得又急又快。

蘇映雪疑惑的看黃護士一眼，黃護士默不作聲，但蘇映雪從她態度看出來——有問題。因此蘇映雪並不辯解，只是笑笑。

「妳放心！他不疼我沒關係，我會報仇！」

兩人聽了當場傻眼，這不是個小女孩該說的話呀。這時一個女人急匆匆奔來：「喔！

我的天！妳在這裡？」

女人一把抱起小女孩。蘇映雪一看，竟然是那一天在餐廳遇到的又瘦又憔悴的婦人。

剎那間，蘇映雪瞭解了小女孩的心思與話語。

女人不斷向黃護士道歉，又輕聲責備小女孩。寒暄幾句，才帶著她離開。

小女孩看著蘇映雪，眼神特異：「我知道，妳是好人。」

蘇映雪笑了，跟她揮手。望著小女孩跟她媽媽背影，問黃小姐：

「她生了什麼病？」

「白血病。說起來，也蠻可憐……。」

「她叫小辛，已經八歲了，看來卻像六歲。時好時壞。」蘇映雪接口。

「啊呀！妳是我們醫院的電腦嗎？」黃護士笑了：「這麼厲害？」

蘇映雪說出那天在餐廳所聽見的一切。沉默一會，黃護士說：

「就是因為這樣，我才會跟她多說幾句話。」

然而，旁人再多的同情，畢竟填不了小辛心中的欠缺啊！

☢

「蘇姐姐！」

剛步出電梯，蘇映雪聞聲轉頭望去，是小辛。

「嘿！妳不能隨便出來啊！趕快回去休息！」昨天還看到小辛坐輪椅，一副疲憊狀。

「我等妳吶……說幾句話，我就回去休息。」

蘇映雪看著小辛蒼白的小臉，愈增加幾分不捨。她打開袋子，掏出一包包酸梅糖果，遞給她，她高興的收下了。

「蘇姐姐，謝謝！上次妳給的餅乾，我弟弟好喜歡喔。」

「真的？下次我再買一包來。」

「這樣不好吧……妳又不是我家人，每次都要妳……。」

「噓！別這樣說。來！告訴我，想跟我說什麼？」

兩人走到電梯轉角處，這裡是她倆的祕密基地，小辛一臉嚴肅的說：

「再過幾天，我就要走了。」

「真的？妳要出院回家了！」

小辛伸出十根指頭，軟軟的彎曲纏繞，不知怎麼辦到的，竟形成一圈火焰，遞給蘇映雪看，接著說：

「這件事我要偷偷告訴妳，看到沒？阿姨教我的火焰，忿恨復仇的火焰。我會找我爸爸報仇。」

蘇映雪拂掉小辛那宛如火焰造型的雙手，說：

「小辛！好小孩不准這樣說，也不准這樣想。再怎麼說，他是妳最親愛的爸爸，他……。」

「阿姨說的。她說我這樣做，沒有錯！」

看著小辛蒼白的小臉，充滿了堅毅的忿恨，蘇映雪不由得心寒。什麼阿姨，她倒沒聽清楚，她仍然勸慰著小辛：

「好小孩不該這樣。我想妳媽媽一定也同意姐姐的話。」

「我媽不知道，我沒告訴她。阿姨說絕不能告訴任何人，嘻！我只告訴妳。」

蘇映雪可不喜歡聽這這樣的祕密，她半強迫半誘導小辛，回她九樓病房。反正她快出院回家去，應該是身體沒什麼大礙了。

到了第三天晚上，大約將近十一點，蘇映雪聽到護理站異常的熱鬧，她走出爺爺病房，剛好遇到黃護士，她臉上掛滿焦慮，急切地說：

「有沒有空？快陪我去九樓。」

「怎、怎麼啦？發生什麼事？」

「小辛！是小辛。」黃護士眼眶含著淚。

蘇映雪毫不猶豫地跟著黃護士直奔九樓，進入小辛的病房時，主治醫師宣布急救無效，一旁的護士紀錄著小辛的死亡時間。

她媽媽已經哭不出眼淚，整個人呆滯，雙手顫抖作勢想抱小辛，小辛小小的身軀躺平著，看來更小，似乎與世無爭了。

怎麼可能？蘇映雪也呆掉了，她記得小辛說，過幾天就要走了，不是嗎？

原來，是這樣的走，不是回家呀！

黃護士和蘇映雪待不到半小時就退出來，醫院走道上空蕩蕩的格外淒涼。黃護士忍不住掉下淚，蘇映雪拍拍她的肩膀，皺著眉頭。忽然，眼睛一眨之際，蘇映雪看到走廊彼端，兩條透明輕飄的影子……。

她轉眸望去——差點驚叫出聲，是小辛！

呃！她旁邊站著一個穿著黑長衣，戴著黑斗笠卻看不到面貌的女人，緊緊拉住小辛的小手。

而小辛的小臉，就跟生前一樣蒼白，她近似半透明的身軀，似乎長大了些。她一雙毫無生氣的大眼，盯望著蘇映雪，她緩緩抬起另一隻手，手心正中央明顯的出現一圈火焰圖騰！

這、這圖騰！蘇映雪記得，就是她那天彎曲著小指頭，顯現出的火焰！

這哪是一個小孩子能做出來的事？難道是她身旁的那位……誰？

過了好多年，蘇映雪搬家了，搬到一棟社區大樓。

大樓共有二十二層，蘇家住十二樓。

蘇映雪每天上下班搭電梯，都要經過一列長長的走廊，走廊盡頭的轉角處有座樓梯，算是安全梯之類的。這個樓梯平常很少人會經過，誰會沒事爬二十幾層樓梯上來？不用想也知道。

轉過轉角往左彎，又是一列長長的走道，蘇家就位於走道的中段處。

剛搬來時，蘇映雪覺得新奇，住了一段時日她就感到，回家的這段路途還真有點遠。偶而遇到鄰居會打個招呼，但大多時候這道長廊都是冷清無人的，因為幾乎家家戶戶都大門緊閉。

這一天，蘇映雪踏出電梯時已經將近七點了，因為是冬日天色暗得快，她如常地走在長廊。

長廊上，幾盞日光燈青白得近似蒼白，偌大的空間只有蘇映雪一個人，感覺好像走在無人境地般，顯得無比荒涼——。

走到半途，她驀地抬眼，忽然前方出現一道影子！

這影子出現得突然，沒聽見開門聲，也沒看見有人從電梯出來，那影子打哪來的？

想到此，蘇映雪不禁多望這影子一眼，咦！這影子穿著黑長衣戴著黑斗笠。

這……這個，這影子很眼熟，在哪見過呢？

蘇映雪攏聚起眉頭，一時還真想不起來。但她可肯定看過這人影，因為這人影給人的印象超鮮明。

思緒跌入回憶的漩渦中……蘇映雪因而停住腳，略歪著頭，到底……？啊！

那不是多年前在醫院見到小辛最後一面時，出現在她身旁的……女人？

蘇映雪的心，忽然瘋狂的怦跳起來！

她連忙快步追上前，愈走愈快。

雙方距離只剩約五公尺時，女人已到達走廊盡頭，忽然她停住，蘇映雪也跟著止步。

女人徐徐轉著頭……呃！蘇映雪全身緊繃，只有思緒尚能活動——

萬一，女人回頭走過來？怎麼辦？

萬一，看到她恐怖的鬼臉，怎麼辦？

萬一……。

無數個『萬一』，宛如排山倒海般衝擊著蘇映雪的心，她幾乎快招架不住，最後，只能祈望自己快點昏倒，假裝只是一場幻覺。

一顆心都要停止跳動了……只見這個女人斜側著頭，眼看就要露出臉了，但因為黑斗笠遮住了，根本看不到她的臉！

然後，女人又轉過頭，迅速的往右邊的轉角處，轉了進去。

這刻，蘇映雪好像得到解脫似的，喘著大氣。

她彎下身，嘴巴張得大大地，不斷拍著胸口。這種恐怖的壓力，比跑一百公尺還累人吶！

欸！等等……萬一她又回來，該怎麼辦？

蘇映雪連忙立起身，好在前面走廊空空的，不見半個人。但幽微的燈光，卻增添幾許不安的氛圍。

她這才定下心，仔細思考。

那女人是誰？為何出現在此？這一點都不合邏輯啊！見到她，自己想怎樣？

☢

那一天的走廊驚魂之後，蘇映雪要求媽媽到社區大樓下面等她，一起搭電梯回家。

媽媽問她怎麼回事，她語焉不詳，只說樓梯轉角處怪怪的，為了讓她安心，媽媽找來管理員一同前往樓梯轉角處查看。

結果，什麼異狀也沒有。

如果有人闖入社區，必須要經過管理員，管理員一再保證，沒有外人進入。

一個禮拜之後，媽媽有事，無法再這樣陪著她，而她也感到一切恢復正常了，便又自己單獨上樓回家。

但有時候靜下來，蘇映雪難免會想：

——這到底怎麼回事？我跟小辛毫不相關，怎會牽扯到我？況且，我對小辛沒有不好啊！一點都不合邏輯！

然而，有些事情很難說，或許只能說，湊巧頻率相當吧！

但是，接下來蘇映雪才明白，原來這一切，是……。

這一天，蘇映雪下班回家，走在大樓社區的景觀路上，前方不遠處有個媽媽抱著孩子，孩子是面向媽媽身後。

剛開始蘇映雪沒特別注意，只是偶一抬頭，看到孩子眼睛骨碌碌的轉，挑釁似的看著她。

接著，孩子忽然笑了，這天真的笑容，實在療癒人心。

蘇映雪不禁牽動嘴角，算是回應。

孩子忽然抬起一隻手臂，張著小小手心，手心是向著蘇映雪的，蘇映雪乍然看到他手心，一團黑霧霧。

蘇映雪再一細看，嚇！

黑霧霧的東西，居然是一團火焰！

是挺熟的圖案啊！

聚攏著眉頭，蘇映雪呆得站定腳，瞠目張口！

前幾天的際遇，讓她迅速聯想起來，她的心，再次忐忑得怦怦直跳！

四年前，小辛的事點點滴滴，像張無形大網，全攏上了蘇映雪的心口。

她追上前，情不自禁拉著孩子的手，翻開手心……。

「嘿！妳幹什麼？」孩子媽媽回過頭，抱離小孩，驚嚇的問著。

「啊！對不起。我、我……。」蘇映雪紅透雙腮，尷尬極了。

孩子媽媽看蘇映雪長相不似壞人，態度不再那麼激動。

「孩子好可愛。我也是這裡住戶。我住十二樓X號。」

「真的嗎？」

經過說明，蘇映雪才知道，她是新搬來的住戶，住十三樓，先生姓余。

「哦？余太太，妳好。是女孩子嗎？」蘇映雪問。

「呃！不！男生。叫小祿。」

「小祿！真可愛。」蘇映雪有點訝異，又客氣地問道：「我可以拉拉他的小手嗎？」

媽媽很大方地答應了，蘇映雪迫不及待地看他的手——乾淨的，沒有圖騰！

是自己看錯了？

跟余太太寒暄幾句，才知道，原來小祿已經七歲多了，只是因為生病，看起來像只有五歲多。

小祿看著蘇映雪，突如其來的咧嘴笑了：「姐姐，妳是好人！」

蘇映雪嚇了一跳，整顆心頓皺成團。

☢

左想右想地想了很久，最後蘇映雪決定探訪一下！

挑了個出太陽的假日，她敲敲十三樓X號——余家的門。

余太太高興的迎她進去，余先生戴著眼鏡，樣貌斯文。

看到他，蘇映雪差點打退堂鼓，因為他看來不像……是會拋家棄子的人。

會不會弄錯了對象？

余太太切一盤水果出來，熱忱的招呼著：

「來來！剛搬來，我家難得有客人，坐、坐呀。」

小祿在一旁玩玩具，除了小祿，還有一位在吸奶的小女孩。

蘇映雪跟余氏夫婦寒暄一陣，雙方忽然靜止下來，小祿轉望蘇映雪，蘇映雪發現他眼神不若一般小孩清純。

「小祿怎麼長這麼小？」蘇映雪忍不住問道。

話題一打開，余太太絮絮的說……

小祿三歲前，可是胖嘟嘟，人見人愛。四年前才開始出現胃口不佳的現象。

他們夫婦倆也是到一年多前，才發現小祿有生長遲緩情形。

兩夫婦這才開始找醫生，看了不只一位醫生。最近這位還在檢查，下週可以知道結果，找出病因。

蘇映雪一愣，四年前……那不就是小辛走的那一年？

頓了很久，蘇映雪緩緩開口問：

「余先生，可以問您一個問題嗎？」

余先生扶一下眼鏡，笑著點頭：「可以。」

「您……是否認識一位姓林的婦人？」

「姓林？什麼名字？」

「啊！名字我倒不知道……」

余太太笑了：「蘇小姐，妳這樣問很籠統呢，姓林的滿天下，不知道名字怎麼知道認不認識？」

蘇映雪微點著頭：

「說得也是。那麼我換個方式問，小辛，您認識嗎？」

剎那間，余家夫婦雙雙變臉……。

「小辛，您們……？」

話說一半，蘇映雪才發現不對勁但已遲了。余先生鐵青著一張斯文的臉，口氣冷漠又嚴厲：

「蘇小姐，我聽不懂妳在說些什麼。妳到底有什麼企圖？」

「抱歉，我……我沒有惡意，我只是……。」

蘇映雪看著小祿，急急辯解：她想救小祿、想化解一段冤仇、想……。

但是，余先生完全不容她辯解，把急著說話的蘇映雪，往門口使勁一推。倉皇之際，蘇映雪看到小祿一臉好笑的望著她被推出門。然後余先生，把門用力關上。

蘇映雪發呆了好半天，想想還是覺得不安心，又去按門鈴。

過了很久，門打開來，余先生凶神惡煞地：

「妳是吃飽了撐著沒事幹？我家的事妳懂個屁？要妳多管閒事？妳到底想幹什麼？」

「不！不是這樣，余先生，請您冷靜聽我說……」

根本不聽蘇映雪說完，余先生又『碰！』一聲，關上門。

糟糕！真是糟糕！太糟糕了！

蘇映雪擔心的是，怕小祿白白犧牲，如果可以化解小辛的怨恨，她相信小祿會平安無事，可當務之急，必須要余先生相信她啊！

看樣子，似乎誤會大了！

☢

垂頭喪氣的蘇映雪，無力移動腳步，上下一層樓而已，不必搭電梯，她遂走樓梯。

她一面走，一面想：

——只好改天，再去跟余家溝通。要不請媽媽出面去找余家，搞不好可行！

想到此，蘇映雪的心，不禁雀躍起來。畢竟小辛已經走了，何必還要再賠上一個小生命？

全神關注在這件事上，蘇映雪完全沒注意到，一對閃亮、毒惡的眼睛，正注視著她。

當她走到十二、三樓的轉角處，忽然，耳中傳來一縷極細的聲音，像唱歌，更像在讀念著詩偈：

——魔焰一出，斷無收回。

重複又重複的細聲，字字清晰貫入蘇映雪耳際。

「小……小辛！小辛嗎？」蘇映雪發瘋似的樓上樓下來回跑，可是完全找不到唱歌者。

終於，蘇映雪無力癱坐在樓梯上，滿臉淚痕的喃喃念著：

「小辛！不要這樣，蘇姐姐知道妳不會這麼壞，不要聽那個女人的話呀！」

不久之後，蘇映雪從媽媽和管理員口中，得到消息。據說，余家的小孩病故了，後來他們一家搬走，不知搬到何處去了……。

第二章 病中異聞

一群人慌急的把救護車上的人，飛快送進急診室……。

看著急診室的門，緩緩闔上了，杜媽媽再也支撐不住，整個人無力頹坐在椅上。這時，一直憋著的眼淚才潰堤而下！

在獲知兒子杜玉璋發生車禍的當時，她的心就沒有一刻安寧。直到現在，不但不能安心，反更擔憂。

她看到兒子的頭部，流了一灘血，她不知道急救後，兒子會如何？

擦掉淚，杜媽媽雙手合十，口中念念有詞……。

現在，也只能求神拜佛了。

時間緩緩過去，每一分每一秒都是煎熬，下午杜爸還有妹妹杜玉茹都趕來了。到了晚上好不容易急診室的門終於開了，杜家一家人急忙奔上前。

主治醫師宣布，手術順利完成，不過因為傷及腦部，還要觀察三天，這三天是關鍵期。

「怎、怎麼說……關鍵期後，會怎樣？」杜媽媽心急如焚地問。

「嗯……」主治醫師沉吟著。

「醫師！」杜爸爸接口：「我們可以接受，請跟我們說實情。」

主治醫師點點頭，語帶保留地說：

「就觀察看來。目前是已經把他頭部的血塊清除掉，順利的話會清醒過來。」

「如果……如果不順利呢？」杜媽媽搶著往壞處想。

主治醫師嚴肅的說：

「請相信我們的醫療。三天後再說。現在說什麼，都是預測，我們不做預測設想。」

說完，主治醫師匆忙地走了。

護士把杜玉璋病床推出來，杜家人繼續圍住護士小姐，問東問西……。

三天後，杜玉璋沒有醒過來。

醫師說腦部的傷復原會比較慢，因為腦部神經最複雜，也最脆弱。

雖然，眼前杜玉璋是昏迷狀態，但或許一段時日之後，他會忽然醒過來，但是多久？

這個就不得而知了。

聽到這消息，杜媽媽好像被判了死刑般，看著緊閉著眼，俊臉蒼白，沉睡不醒的兒子，她心痛，身也痛，不禁潸然淚下……。

倒是杜爸不斷安慰妻子，畢竟男人比較堅強。但說真的，也不見得是如此，或許杜爸的心裡，也很脆弱。

只是眼前他不能表現出脆弱的一面，總不能全家都倒下去呀！

之後，杜家人輪流負起照護杜玉璋的工作。

杜媽媽聽親朋好友的建議，有時在兒子耳邊放他喜歡聽的音樂；有時，對兒子說說話，例如：

——全家都愛他；要他趕快醒過來……

反正，杜媽媽聽信許多偏方，想方設法，目的只有一個，祈望兒子趕快醒過來。

這期間，杜玉璋的朋友、同事，也都輪流來探望他。

唯一的妹妹杜玉茹，更是盡心盡力照護哥哥，尤其是杜玉茹的一位朋友——劉家燕，愛慕杜玉璋很久了，她更是時常來探視他。

☢

一片白，周圍全都一片白，可這白不是蒼白，也不是恐怖的白，更不是死白……

它是清爽的白，讓人感到沒有負擔，可以隨意……飄飛，自由自在。

看！一下可蹦跳老高、一會兒可飛越青山白雲、一會兒可回到原點！

回到原點，又看到另一個自己！

看到自己不醒人事的平躺著，是……什麼感覺？

看到親人在一旁掉淚，他——杜玉璋——的悲傷，並沒有他們那般重。

聽到親人的喃喃絮語，他會感到好笑；聽到愛聽的音樂，他感覺淡然。

他的三魂七魄、七情六慾，有近乎一大半被鎖在他的肉身裡，現在的他可是身輕如燕，沒有負擔、沒有悲傷。

只是，親人他們不知道。

凡人，哪會明白另一個世界？除非……除非他親身體驗過。

現在，杜玉璋就能體會這感覺。

不過大多數時候，他會流連在自己肉身附近，過了午後，就是他活動力較強的時刻。

嗯，去哪好？

辦公室，對了，去看看同事吧。看到同事們，依舊跟平常一樣忙碌，杜玉璋感到好笑。

人生，就是這樣，勞勞碌碌忙一生。

再去哪？家裡？好吧，去家裡走一趟。

家裡還是一樣的擺設沒有變，再去看看自己房間……都沒有變動。

接下來去哪？

正自思慮間，忽然杜玉璋聽到陌生的聲音，是女人？

「這樣不好吧？」

「沒關係。我太太不在家。」是父親。

杜玉璋輕飄飄晃出房間，看到父親和一位打扮妖嬈的中年女人。

唷！這女人比媽媽漂亮，雖然是年屆中年，卻裝扮時尚，風韻猶存。

她是誰？

杜玉璋不記得有看過這個女人哩！

只見她落坐到客廳沙發，杜爸從冰箱裡倒了兩杯果汁，坐到她旁邊。

——爸！你不用上班嗎？

杜玉璋開口問，卻說不出來。不！應該說，爸爸沒有聽到。

杜玉璋這才想到，現在的他，不同以往的他。

「你兒子現在怎樣了？」女人喝口果汁。

「還是一樣。」杜爸雙肩一聳。

杜玉璋看不出來，父親是否感到悲傷。

「她一定很著急吧？」

「誰？」

女人看杜爸一眼嬌嗔說道：

「還裝？就是你兒子的媽媽。」

杜爸沉默一會，語帶冰冷，低聲道：

「我說過，跟我在一起時，不要提到她。」

父親這話，讓杜玉璋錯愕萬分。心目中，父親始終是他的偶像，盡職、正義、顧家愛家人的頂好父親！

女人呵呵笑了好一陣……接著又說：

「我是該感謝你兒子，如果不是他，跟你見面的機會，沒這麼容易。」說完，女人仰頭，一口喝乾果汁。

父親不語，不曉得他心裡如何想？

但是，杜玉璋心中悄悄燃起怒意。

「我沒說錯吧？你……」

「妳留點口德，可以嗎？」杜爸打斷女人的話。

杜玉璋那股怒意，因為父親這話，慢慢平復下去。

「那我問你，什麼時候離開她？」

杜爸看女人一眼，沉默著喝光果汁，放下杯子。女人可不饒他，開口說道：

「都是老話重提了，我還得繼續要躲藏在地下不能曝光多久？啊？你說。」

杜爸拉住女人的手：「給我一點時間，小貝貝。」

「哼！每次都這樣……」

話未說完，小貝貝被杜爸拉起身，兩人一面打情罵俏，一面轉往主臥室……。

目送他兩人背影，杜玉璋張口瞠目的呆愣住。

他可以進房間，不需經過房門，只要穿過牆壁就可。但是，他不要，也不想看到……。

☢

「阿茹，玉茹！」杜媽媽急迫的喊叫：「快！快去請醫生來。」

「媽！怎麼了？」在一旁看書的杜玉茹抬起頭。

「妳看！心電圖有反應！還有……。」

杜媽話說一半，杜玉茹看著床頭的心電圖，真的……

平常都是一直線，現在那一直線，彎彎曲曲地忽高忽低波動著。

杜玉茹丟掉手中的書，立刻飛奔出去……

許是太緊張了，她兩母女忘了床頭有護士鈴，按下去叫人就可以了。

不一會兒，醫生連同護士急匆匆的奔進來，醫生做了例行性的檢查。這之間，心電圖又趨向平常的一直線……。

醫生檢查過杜玉璋身體後，冷靜的放下杜玉璋雙手。
「醫生！我剛看到心電圖在……。」杜媽媽連忙說。
杜玉茹也附和的說道：「在波動。醫生，我也看到了，真的。」
「唔！」醫生點點頭，淡淡說：「這是病人的心緒起伏。表示病人有知覺。」
說完，醫生就要往外走，杜媽媽連忙上前，口氣急迫地：
「請問醫生，這……是不是表示我兒子快要好了？」
醫生頓了一下，字斟句酌地說：
「我不敢斷定，不過可以看出來病人有反應。雖然目前他還是昏迷著，但也有可能很快就會清醒過來。還要觀察。」
送走醫生，杜媽媽心情起伏不定。雖然醫生說還要觀察，語多保留。可是她很高興，這不啻是一劑強心劑。
杜媽媽更加努力的在杜玉璋耳邊，喃喃絮說她的掛念：
「玉璋！玉璋呀！趕快醒過來，媽媽等你醒過來，等得心焦呢，不要這樣丟下媽媽，媽媽很心痛喔……玉璋……。」
說到後來，杜媽媽的淚，又不爭氣的掉下來……。
「媽！醫生都說哥哥有反應了，妳就不要哭，我相信哥哥一定會好起來。」

「嗯！嗯！我知道。」杜媽媽擦掉淚水。

晚上，杜爸來了，他看看兒子，問妻子可有什麼狀況？

杜媽把下午的心電圖事件，一五一十告訴丈夫。杜爸頷首，叫妻子和女兒回去休息，晚上他來照顧。

晚上，杜爸睡在陪睡床上，半夢半醒之間，忽然覺得身前有一團冷冷的氣團直逼他而來。

他睜眼一看，嚇！

是杜玉璋！他站得挺直，冷冷望著杜爸，杜爸忙拉他，興奮喊道：

——玉璋！玉璋！是你嗎？

杜玉璋冷冷地瞪他。

——玉璋！怎麼了？

杜玉璋還是沉默著，眼神卻冷犀，杜爸更緊張了，他似乎想起，兒子原是病人啊！

——玉璋，你哪裡不舒服？快告訴爸爸，啊！

杜玉璋忽然瞪大眼，一臉憤怒的模樣。杜爸伸出另一隻手，想擁抱兒子。不料杜玉璋卻反退一步。

——怎麼？你不認識爸爸了？你到底怎麼了？爸爸很想念你，你知道嗎？不只是我，媽媽、妹妹都想你哩！

杜玉璋忽然轉身，大步走出病房門，杜爸爸一面大聲喊叫，一面追上去。詎料，不知踢到什麼東西，摔了一跤正要大喊出聲，整個人驀地醒來。

他眨眨眼，不解，為何會做這個奇怪的夢？難道剛剛看到的，是兒子魂魄？這表示什麼？兒子會發生不測？永遠無法醒過來？

杜爸走近杜玉璋床前，望著面容平靜的杜玉璋，心中不禁升起濃烈擔憂與惆悵。

☢

三魂七魄、七情六慾，被鎖住了近乎一大半，杜玉璋依然身輕如燕，沒有負擔、沒有悲傷……

啊！不！不對，他還是有些悲憤，因為媽媽的事。

這是導致他心緒不平靜的原因啊！

飄飛……繼續飄飛……咦？前面很熱鬧，杜玉璋看到前方有一大群人。

此刻，對凡人來說是黑夜，對他來說，沒有白天黑夜的差別。

人群中，他看到了熟悉的人，他連忙飄近前，呀！是劉家文——妹妹杜玉茹的男朋友！

杜玉璋感到奇怪，他不是一直陪著妹妹？此刻，怎會在此出現？

杜玉璋轉頭望周遭，原來是電影院。難怪這麼多人。

只見劉家文買了一包爆米花、一罐飲料，走向人群中。一位穿著打扮火辣的辣妹，迎了上來，嬌聲道：

「快！大家進去了。」

劉家文攬住辣妹肩膀，跟著人潮跨進電影院。

杜玉璋猶豫起來……思緒翻轉不停……

——是同事？還是同學？或者只是普通朋友？看來又不像……

算了，他驅動身軀，直接穿透牆壁進入電影院，暗矇矇地……他一轉眼，看到了他兩人坐在僻靜的情侶座上。

一面吃、一面喝、一面談……。

「好多天不見了，今晚呢？允許我去妳住處嗎？」劉家文附在女孩耳際低聲說道。

「哼！你也知道好多天不見了？」辣妹女孩白了他一眼：「給我說清楚，你去哪了？」

「啊！就是朋友呀，朋友哥哥車禍昏迷，我去陪他。」

「你這個朋友，是女的？還是男的？」

「就……就是上回跟妳說過的，姓杜。」

「我問你，是男？是女？我管他姓什麼。」

劉家文打開爆米花，拈一粒在手上，嘻笑著：

「來！張大口唷……」

辣妹女孩一掌拍掉他的手，不悅地：

「給我說清楚，你這朋友，是男？是女？」

「唉唷！辣妹淑貞幹嘛這麼殺風景？」劉家文嘻皮笑臉的湊近嘴，作勢想親女孩：

「我都說過了，姓杜……杜玉璋！」

乍聞自己名字，杜玉璋整顆心，不平靜的躍跳起來。

「我想起來了，杜玉茹！對不對，杜玉茹的哥哥是杜玉璋，她哥哥車禍昏迷，所以你去陪杜玉茹？」

「唉唷！好聰明的辣妹，不但身材火辣，頭腦更辣。」劉家文伸手，攬住淑貞香肩。

「少拍馬屁！你上回跟我說過，杜玉茹你只是跟她玩玩，不到一個月，肯定跟她分手。」

「噯噯噯，現在是看電影時間，辣妹淑貞，這時候該想想，我們在床上的……嘿嘿……嘻嘻……」

辣妹淑貞揚起白嫩嫩的手，劉家文更快的拉緊她的手，貼近自己胸前……

張著口，杜玉璋感到心口很痛！

扭曲著一張俊臉，他……消失了。

飄入另一個空間，杜玉璋整個人像當機了似的——包括思緒。

世界的真面目，怎麼會是這樣？

不管是親人、不管是好朋友，難道沒一個值得信任的嗎？

漸漸地，如火焰般強烈的憤恨情緒，由杜玉璋心口，竄升上來……充斥到他胸口，整個身軀，擴及四肢。

感覺就像，他快爆炸了……。

☢

「啊呀！他的手……手指在動！」

「啊！他……他的眼皮在跳！」

隨著點點滴滴的小發現；隨著醫生的診斷、判定；隨著醫療器材的反應；隨著意志力的回升，終於，杜玉璋醒了過來！

從他發生車禍，直到醒過來為止，總共兩個月整。

最高興的是杜媽，她逢人便說：

「看吧！看吧！我天天求神拜佛，到處去宮廟拜拜，我兒子果然回來了。有拜有保佑！上天是不會虧待好人的啦！」

杜家人全都樂翻天了。當然，杜媽更是帶著兒子再到宮廟，到處還願。

唯一奇怪的是，杜玉璋醒過來後，整個性情大變。

以往他是個開朗、熱情的年輕人。現在不多話，常常沉思，更常板著一張俊臉。

杜媽以為是因為剛病癒，對周遭生活陌生，總要經過一段復健期。

事實上，才昏迷兩個月，根本不需要復健期。但為慎重起見，杜玉璋還是聽從醫師囑咐，復健一段時日。

看看沒有問題了，杜玉璋又休息一些日子，才又開始恢復正常上班。

只是，他個性依然嚴肅，話少，冷寂。

身為父母，當然會著急。私底下，杜媽跟兒子談過幾次話，還有意要兒子去找朋友、同事、同學出遊，希望他能像以前那樣活潑、開朗。

但是，杜玉璋依然故我。

因此，杜媽找杜爸，請他跟兒子溝通。於是，杜爸找個時間，單獨跟兒子談。

「沒什麼好談的。」杜玉璋見面就說。

「你這什麼態度？我是你爸，我們都關心你……。」

「關心我？不如你趕快改正自己行為。」

杜爸瞪大眼，差一點拍桌子：

「你在教訓我？」

杜玉璋低著頭，不發一語。

「你昏迷時，還不是我們大家一起輪流照顧你。你恢復後，我們都很高興，你到底有什麼心事，可以說出來。」

「我知道，你們對我有恩情……。」

「我不是這個意思。我們是一家人，有什麼事，不能溝通的？」

抬起頭，杜玉璋望著父親，父親臉上是真摯、專注的表情。

杜玉璋忽然有錯覺——難道，那天，他錯看父親了？

「說話呀！」杜爸直視著兒子。

「要我說實話？」

杜爸用力點頭。

輕吸口氣，杜玉璋勇敢地回望著父親，緩緩地說：

「你，現在……還跟那個……小貝貝來往？」

剎那間，杜爸的臉，好像被人摑了一掌，整個變成紫紅色。

可怕的沈靜，似乎過了一世紀般長……最後，杜爸轉身回他房間。

大概又過了很久、很久，杜媽推門進入兒子房間。

「你跟你爸說了什麼？」

「……沒有。」

「沒有嗎？」杜媽皺起眉頭，一副疑惑納悶的表情。

看著善良的媽媽，杜玉璋真的無言了。

到底要不要告訴媽媽，關於爸的事？說了，媽會怎樣？

這問題杜玉璋無法可解，他不知道會出現什麼後果。到現在，他才想到，或許，應該再多昏迷些時日，也許能知道後果，這樣就能知道該怎麼處理了。

☢

「現在是什麼狀況，我真的不懂耶。」

杜玉璋面無表情地看著妹妹，眼神是冷靜而嚴肅的。

「你告訴我，為什麼叫我跟劉家文分手？」杜玉茹看來很生氣。

「妹妹，」杜媽打著圓場：「妳哥哥身體才恢復，妳怎麼跟哥哥說話大小聲？」

「我當然能理解哥哥身體不好……。」

「沒有！」杜玉璋馬上接口：「我現在身體很好、很正常。我是站在一個哥哥的立場上，勸告妳。」

「玉茹……。」

「媽！妳沒聽懂哥哥的意思嗎？他叫我跟我男朋友分手！」

杜媽沉默看著兒子，兒子的重大變化，她當然感受到了，但是，她不知道該說什麼，正確地說，她不忍心責備這個重新又得到了的兒子，他可是非常珍貴的啊！

「你一定不知道，你昏迷時，家文陪著我，照顧你好幾天。你叫我跟他分手，總得有個好理由吧？」

好理由？杜玉璋想到父親被自己戳穿祕密時的反應，那一天之後，杜爸整個人都變了，變得……怪異，有時候，會用若有所思的眼神，看著杜玉璋。

杜玉璋不知道該不該把事實告訴妹妹？

「玉璋，玉茹說的沒錯。家文這個孩子都陪著玉茹……。」

「媽！你們根本不知道……他這個人口是心非。」

「喂喂喂……你……。」杜玉茹生氣的揚聲。

杜媽怕兩兄妹起衝突，連忙緩頰說：

「玉璋，可是你以前不是這樣說的吶。」

杜玉璋看杜媽一眼，欲言又止。

「我記得以前，你常說家文是個好青年，體貼、溫文。」

「以前是以前，現在是現在。」

「哪裡不同？你說，」杜玉茹接口：「是因為你病……。」

杜媽表情微變，杜玉璋快口承認：

「是！就是我病了之後，整個世界都不同了。」

杜玉茹意識到自己的話，傷到了哥哥……好一會，杜媽輕聲說：

「玉璋，世界還是一樣，我唯一感到不同的，是我的兒子撿回來了，我感激所有的一切，我只希望我的家庭跟以前一樣和樂。」

「咳！你們不懂的啦！」

煩躁說完，杜玉璋轉身回房，一屁股落坐到書桌前。

真的是，有理說不清啊！

杜媽追進杜玉璋房內，眼眶泛淚，由身後攬住杜玉璋的頭：

「你是不是頭腦還沒有恢復？」

「媽！不是啦！」杜玉璋掙開杜媽的擁抱，起身，轉向杜媽。

「不然是什麼？我聽醫師說過，恐怕腦部會有後遺症。」

「醫生這樣說？」

「嗯，」杜媽擦拭眼角：「車禍時你傷到腦。手術時醫生清出許多血塊，萬一沒有清乾淨，很可能會留下……。」

「媽，不是這樣的。」

杜媽還想再說，杜玉璋把她給推出房外，說想清靜一下。

☢

原本歡樂的杜家，陷入愁雲慘霧中……。

每個人都很奇怪，都有心事。

杜媽決定開家庭會議。在一個假日裡，杜家四口，各坐一方，卻遲遲沒有人開口。

最後，杜媽說：

「我跟你爸商量過，要不要讓玉璋，再去醫院仔細檢查。」

「反對！我又沒病。」杜玉璋首先說。

「那麼，我們投票。少數服從多數。」杜爸說。

一旁始終沒有發話的杜玉茹猛點頭。杜玉璋眼神一一掃過杜爸、杜媽、妹妹……。

他明白，只有他自己一票，肯定輸給他們三票。當然，他也很生氣，明明是事實，為什麼卻無法讓家人相信？

「媽！妳希望我生病嗎？」

「說什麼傻話！我當然希望我們一家人，全都健健康康，無病無痛。」

「這就對了，我說過，我沒有病，我只是……。」

「你只是比較敏感而已，對不？」杜玉茹接口：「你要知道，你的敏感害我跟家文吵架吵了N次。」

「不只玉茹，玉璋呀！」杜媽說：「我和你爸之間也變得很奇怪。總之，我們一家人，跟以前都不一樣了。」

杜玉璋眼芒如刃，一一掃視家人：杜媽、妹妹，再轉望杜爸。

杜爸無言，但眼中有話，只是無法說出來——杜玉璋感到自己可以解讀出杜爸的心事！

杜媽，她不知道小貝貝，所以沒有心事！

至於玉茹，根本不知道有辣妹淑貞這個人，所以也沒有心事。

剩下的問題，就只有他——杜玉璋了。

「好，那就這樣決定，找個日子，妳跟主治醫生聯絡。」杜爸下達最後決定，語畢欲起身……。

「爸！不要逼我把事實說出來。」杜玉璋冷冷說道。

杜爸重新坐下，臉色冷峻：

「什麼事實？你不要說些無憑無據的事，擾亂家庭，你以為這樣很好玩？不然，就是你病了，病得不輕。」

杜爸心中很篤定，小貝貝的事，天衣無縫，玉璋絕不可能知道她。

杜玉茹也點頭不迭。

杜爸這番話，惹惱了玉璋，又看到妹妹這動作。他咬著牙鐵青著臉，之前種種設想，全都拋諸腦後，他憤然說：

「那麼，我只好說出一切事實了！」

接著，他緩緩說出病中，他魂魄飄遊之際，所見到的一切……。

在場三個人，一面聽一面全都變了臉……。

杜玉璋還說出杜爸跟小貝貝在家的那天日期，說出劉家文跟辣妹淑貞看電影的片名。

最後，杜玉璋還下結論道：

「不信的話，找他們來，我願意當面跟他們對質！」

終於把秘密說出口，杜玉璋彷彿放下心中一塊巨石。這會兒，他已無法顧及後果。

至於杜家，往後會掀起什麼驚濤波爛，已不是他能力所及了！

第三章 地下室的詭祕

王添壽這個人非常喜歡喝酒，所謂：酒能亂性。

王添壽倒不是亂性，而是：酒能見鬼。

這不是普通的鬼，還是個非常恐怖的鬼。

這事可得從頭說起——。

王添壽和蔡美英這對夫婦，差不多五十上下年紀，蔡美英常感到肚子不舒服，拖了一段日子，上醫院檢查，醫生說，她子宮有一顆腫瘤，檢查結果出爐，是巧克力囊腫。

雖然不是惡性，不過因為腫瘤太大，壓迫到神經，最好是開刀把它給拿掉。

因此，在醫生指定的日子裡，蔡美英就去開刀了。

早上開刀，推出病房時，已是將近下午一點左右。加上麻醉藥的關係，一整天蔡美英幾乎都是昏睡的狀態。

王添壽晚上要陪護，他已經忍了一天，沒有喝酒。到了晚上，看妻子睡得正甜，他忍不住酒蟲作癮，決定到外面去喝一杯。

說起來，他大概不只喝一杯，因為他再踏入醫院時，整個人已經醉醺醺了。只是他很厲害，還不至於走錯地方。

醫院進去，往右邊，唔？有一部電梯。不過，需先經過一個護理站，這時候護理站空無一人，不知是冷氣的關係，還是這兒特別陰冷。經過時，會讓人全身起雞皮疙瘩。

王添壽經過護理站，搖搖晃晃，按下電梯。不一會，電梯開了，他踏進去。也不知他是怎麼按的，電梯震動了一下，就往下降……。

大概他也沒注意，電梯門打開，他就跨出去……左邊有燈，他就向左走。

經過小通道，再往左，一扇斑剝的門半掩著，他遂推開門……。

嚇！

眼前併排著三張長條桌，上面各躺了三具……白布蓋著的，應該是人吧？

但這樣蓋著，看來根本就是屍體，不！應該說是大體。

他酒醒了三分，頓住在門口，這裡不見半個人，也沒看到護士小姐。他猶豫著，到底是要進去？還是退出來？

酒醉的王添壽，竟然全忘了他是來陪蔡美英的。就在他拿不定主意之際，突然見最左邊的白布動了……王添壽睜大眼，然後白布內的人體，徐徐坐起來……。

簡直不可思議，如果是人，幹嘛蓋上白布？如果不是人那就是大體了。為何他會動？會起身？

王添壽在等——等待白布掉下來，看看到底是誰在惡作劇？

奇怪的是，白布依然覆蓋著，沒有要掉下來的意思……。

緊接著，第二具也開始動了……第三具也動……王添壽這才看出來，第三具個頭小，似乎是個小孩子……。

忽然沒來由地，襲來一陣冷風，王添壽打了個寒顫，腦筋略清醒些，他連忙移動已近乎木頭般僵硬的雙腿，往後退。

應該說，他方才是被震懾住了，所以忘了離開。

退出左邊房間和通道，他轉過身看到電梯正前面，哇！好多人！

只是，這些人穿著都很奇怪。

幾位身穿軍服戴軍帽的，肩上荷著槍，嘴裡不知喊些什麼。只見他們的嘴一張一合地，似乎在謾罵些什麼。

不過，王添壽完全聽不到說話聲。

軍服人員的面前，跪著一排穿著罪犯服飾的人，雙手被反綁，低著頭。

王添壽皺著眉頭，幾句話翻滾在胸前，很想說出來：

——喂喂喂，什麼時代了，你們在幹嘛？演戲嗎？

接著，荷槍的舉起槍，打出一排子彈，罪犯們身上噴出血花，然後一個個或前倒、或歪倒，全躺到地上……。

王添壽張口結舌，忽然……。

倒地的罪犯，竟然一個個慢慢地爬起身……雙眼睜突著，步伐歪斜遲緩，四下散走。有兩、三個轉向王添壽進逼而來。

王添壽看到他們臉孔上，都是不甘願、憤怒的神色，一步步向他而來時，面貌發生急遽的變化……。

剛開始，五官扭曲，再來是臉上肌肉腐爛、敗壞、生蛆……眼球因潰爛而掉出來半掛在眼眶外，一搖一晃地滴著彩色血水：

紅的血、綠的膿、灰白的……不知是什麼。

——啊！啊！不要找我，不是我，不應該找我……

心裡著急的這樣想，可嘴裡卻說不出話，王添壽一逕往後退。詎料一個不小心，往後栽倒。

幾個宛如殭屍般的罪犯，左顛右晃，不斷進逼，伸長掛著血水、只剩下骷髏的雙臂，走到王添壽身前，眼看就要抓住他……。

「呀——哇——救命——。」

「王先生！王先生！」

被搖醒過來，王添壽看到一雙纖細的手，搭在自己肩膀。他嚇死了，立刻用力甩掉這雙手。

「啊唷！王先生，你……怎麼了？」

定睛一看，是護士小姐，她望著王添壽。

「我、我……我怎麼在這？」王添壽看看周遭，他發現自己躺在地上，慌忙爬起身。

「你喝酒了？」

「唔，我只喝一點點。」

「只喝一點點？你怎會躺在地上睡覺啊？」

「哪有？我搭電梯、電梯……。」

護士小姐笑掩著嘴：

「王先生，你真的醉了。我們這家私人醫院不大，哪來的電梯？」

「啊？真的？」王添壽望望周遭，這才看清楚，原來他躺在門診藥局的地上，旁邊有一道陰暗階梯。

「你，不是應該要去照顧你太太？」護士問。

因為是私人醫院，病患不多，護士大致上都認得病患和家屬。

「嗯！呃！是呀，可是，我……走錯了。」

「對呀！你太太的病房不在這裡。」護士指著後面，說道：「請你往前直走，右轉，第三間。」

「啊！謝謝。」

王添壽點頭，往後走了幾步路，忽然停腳轉回身，確認似的問：

「請問，醫院沒有電梯嗎？」

護士小姐笑笑，搖頭：「真的沒有啦。」

王添壽歪歪頭，眼睛一轉，望著旁邊陰暗的階梯：

「那，這樓梯，通往……？」

「呀！這樓梯通往地下室。」

「地、地下室？」王添壽低聲喃喃著，頷首，轉身走了。

「奇怪！真的太奇怪了。」

蔡美英滿臉不以為然看著丈夫。

「沒有電梯，有地下室？我沒醉，怎麼會跑到地下室？還坐電梯？」王添壽搖搖頭，繼續說給自己聽：「嗯哼！我一定要查清楚。」

「你這死沒良心老頭子，一點都不關心我，只記得喝酒喝酒。」蔡美英忍不住的按住肚子：「唉唷！我痛呀！」

「啊？這麼痛？我去跟護士小姐要顆止痛藥，啊？」

看丈夫緊張的樣子，蔡美英心底浮起一絲安慰——畢竟，他還是關心自己。

「不了！你多關心我一點，我就好多啦。」

「說真的，還痛嗎？痛就要講呀。」王添壽又加上一句：「不痛的話，不要裝好嘛，別讓人擔心。」

「呵！你會擔心我？才怪！」

「不擔心，我幹嘛坐在這裡？肚子餓嗎？我去買吃的，想吃什麼？」

聽他這樣說，蔡美英感到肚子真的有點餓了。王添壽出去，為她買吃的。

安頓好蔡美英，王添壽慢慢走向護理站，他觀望著，回想那一夜的情況……

通常喜歡喝酒的人，都不承認自己會酒醉，王添壽就是這種人，加上他那一夜所見，印象太深刻了，他很想一探究竟。

——那三具蓋著白布的，到底是啥？還有，那一群罪犯又是怎回事？幹嘛衝著我來？

奇怪的是，護理站總是沒人在，不見護士小姐，許是太忙了？

護理站過去，就是門診藥局，門診藥局的旁邊，是陰暗樓梯。走下去，就可以一窺究竟了！

王添壽踩著階梯，一級一級的走下去，轉角一顆老舊的燈泡，發出暗黃色光芒，顯得這裡更陰鬱。

繼續往下走，王添壽步步謹慎並上下觀望，確定都沒有人。

唷！地下室更暗，唔……他記得那一夜，跨出電梯，左邊有燈，他是向左走。

經過小通道，再往左，有一扇門開著，他推開門……。

但看到面前景象與之前看到的不同，因為這次沒有電梯，好像都亂掉了？

不過，為了表示自己真的記憶猶新，他往左邊走。

現在沒有通道，兩旁堆積著許多雜物、紙箱、廢棄物之類的，他徐徐走向前。

走了幾步路，噫！啊！啊？

左邊真的……真的有一扇門！要命！

王添壽的心，怦怦直跳起來！就像一個小孩子，欲探險似的好奇，卻有更多的駭怕。

門已經腐朽頹敗，斑剝得不像話，以一家醫院來說，這樣很不合格！

王添壽伸出手……他發現自己的手，顫抖得很厲害！

——推開！推開它！就可以證明，我那天真的沒醉！快、推、開、它……但是，萬一裡面真的有那三具……那個東西的話，我該如何？

想到此，他有些遲疑。那天，他記得最左邊那一具會動、然後他……起身坐起來，如果是夢境，坐起來還好。現在，是事實啊！

他暗中捏一把腿，痛！真的是事實！

猛吸口氣，王添壽抱著必死決心，他伸出手，準備推開這扇門……

突然，肩膀被人用力一拍！

王添壽差點要高喊：救命！

他回頭望去……嚇！一張恐怖的臉——這張臉歪斜著嘴角，一隻眼睛瞎了，剩下一隻獨眼，窮凶惡極的瞪住他，還駝著背……。

「出去！出去！誰讓你進來？給我出去！混帳！出去！」

王添壽，連滾帶爬的滾出地下室。

☢

蔡美英恢復甚好，據醫生說，拆了線若沒什麼狀況，應該可以出院了。

謝過醫生，王添壽只是低頭沉思。

等醫生走了，蔡美英望著王添壽，問他什麼有心事？

畢竟，知夫莫若妻，王添壽淡淡說道：

「有祕密！這家醫院有祕密。」

蔡美英笑了：

「我只關心我治療好了，就出院。誰管他醫院有什麼祕密？」

「說得沒錯，但是我不相信！我一定要揪出這個祕密。」

蔡美英聽了，不以為然。王添壽可不這樣想，他打定主意，心中擬定幾個計畫，勢必要在妻子出院前，完成！

首先，他很有技巧的探問幾位護士小姐，但是卻問不出個名堂，她們口徑一致，都說來沒多久，從來沒去過地下室，當然就什麼都不知道。

接著是第二個計劃！

這一晚，他等妻子睡了，已經是十點多左右。他悄悄出去喝酒，十一點多，才又進來。依他揣測，第一次是因為喝了酒，所以才能看到醫院地下室的祕密。第二次，沒有喝酒，才會遇到莫名奇妙的怪人。

因此，這次他可以篤定，借助酒的威力，一定可以探查出祕密。

他心中打著如意算盤——要是查探出醫院的祕密，也許可以要脅醫生，少算點醫藥費！人呀！一旦心懷不軌，後果就……。

微醺中，王添壽來到護理站，居然看到一位護士低著頭，趴在桌上寫字……。

因為心虛，他不敢驚動護士小姐，等他過了護理站，發現有點不對勁，再回頭望去，嚇！護士小姐不見了？

他瞪大眼，仔細尋找……真的！護士小姐憑空不見了！玄呀！

如果，警覺性夠的話，他應該停止這個計畫！

但，酒精壯膽，他啥都不怕！

面前應該是上次的電梯門了，可這次，他很小心，看了看……唔？沒有電梯，一樣還是門診藥局。他駕輕就熟，知道旁邊就是樓梯。

陰鬱的樓梯，沒能打消王添壽的計畫，他帶著三分醉意，腳步輕晃，一步一頓的往下走。

走到底，他注意周遭，確定沒有人——包括那個怪人。然後，階梯底下往左，他記得很清楚。

經過通道後，果然有一道門。看到斑剝門的剎那間，王添壽簡直樂得快叫出聲。

果然，還是喝酒有用呀！

他很快推開門，呃！就像第一天所見，排列了三張桌子，桌子上各躺了一具蓋著白布的……人體。

接著，王添壽猶豫著，是進去？還是等著？

這一猶豫間，第一具人體動了，徐徐坐起身，王添壽這會決定以靜制動。

接著，第二具、第三具也動了……王添壽暗捏自己一把，痛！

這不是夢，是真的。那麼，就要揭開醫院的祕密了！

因此這時他反倒不害怕了。不知是財慾薰心，或是酒能壯膽。

三具全都坐起來，奇的是，白布始終覆蓋住人體。

說真的，完全都不怕是假話，王添壽也有些微的害怕，他替自己壯膽，揚聲道：

「哼！說吧，你們是誰？在這裡幹嘛？裝鬼嚇人？」

三具都沒回應。王添壽又輕咳一聲，並提高音量：

「我可不是被嚇大的唷，還不說出來？你們是誰？在這裡做什麼？」

突然間，三具白布人體，直挺挺朝王添壽飛撲過來。

這會兒，王添壽感到不對勁，他張大口，叫不出聲。可他動作很快，連忙往後退。同時想帶上斑剝的門，可是手抖心慌亂，門拉不上，而三具人體已撲上，只差幾公分就要抓住他！

王添壽歪歪倒倒地退出通道，迎面卻看到三、五個身著罪犯衣服的人，不！不是人，它們步伐歪斜遲緩，臉上肌肉腐爛、敗壞、生蛆……，眼球因潰爛而掉出來半掛在眼眶外，一搖一晃地滴著彩色血水……。

它們宛如殭屍，一步一步，逼向王添壽而來。

這真是，前有狼，後有虎。

人逢絕處，會興起求生本能吧？別看王添壽喝了酒，他動作還挺敏捷的，他迅速轉往階梯。

儘管雙腿顫抖得厲害，他手腳並用，上階梯，心中不斷的叫著：

——誰？誰來救救我！

才爬五個階梯，冷不防，他的腳被後面不知是哪隻鬼，給攫住。

「啊——呀——救命！救……。」

另一隻腳，也被抓住，他猛踢猛踹，甩不掉。然後，連大腿腰際，都被抓住，他欲喊無聲、欲掙無力。

驚駭指數破表，他整個人失去了意識。

一大早，蔡美英已經收拾好了，準備出院。不料，王添壽卻不見人影。

她很生氣，明明就說好要辦理出院手續，他跑哪去了？

一直等到下午快五點，才看到王添壽和護士小姐一塊出現。蔡美英少不得強烈抱怨，護士小姐要笑不笑的說，王先生睡在門診藥局旁的地下室樓梯轉角，現在才醒過來。

王添壽沒有多說什麼，只是蔡美英發現丈夫一臉慘綠，印堂發黑。

兩夫婦出院回家後，蔡美英發現王添壽變了！

首先是他變得不愛說話，奇怪的是，平常愛喝酒的他，也變得不太想喝酒。

蔡美英曾試探的問過王添壽，為何那一天會跑到地下室去睡覺？

王添壽不回話。

「你不是說，醫院有祕密？到底是什麼祕密？你查出來了？」

王添壽還是不回答，儘管低著頭，也不知道他在想些什麼。

這一天晚上，蔡美英睡到半夜醒過來，看到床頭小鐘，指著午夜一點三十分，再一轉頭，咦？

旁邊王添壽的床位上，是空的！

王添壽人呢？

蔡美英起身，步出臥室，客廳暗矇矇。她揉揉眼睛，看到沙發上坐著一個人，那不正是王添壽嗎？

等等！蔡美英發現……。

不對！坐著的，是王添壽，可是，他肩膀上，蹲坐著一個……人嗎？

這個人，不不不！不是人！蔡美英可以肯定！

陰鬱的客廳，光線微亮，藉著這暗幽幽的光，蔡美英看到……。

它臉上肌肉腐爛敗壞，有乾掉變黑了的血、綠色的膿、白色的蛆，在它臉上鑽進鑽出……潰爛的眼球半掛在眼眶外，一搖一晃地滴著暗黑色血水。

它就坐在王添壽肩膀上，兩條腿垂掛在王添壽身上，一晃一晃地左右搖擺。

另外，王添壽的兩邊，各站了兩個。應該說，兩具比較貼切，兩具白慘慘的物體，一個個頭小小的，形體貌似個小孩子。

看清楚這一切，蔡美英發現，這個白慘慘的物體，居然是覆蓋著白布！

「哇！啊——。」

慘嚎一長聲，蔡美英急忙忙按開客廳燈光的開關，剎那間燈光大亮，那些恐怖的幻象，全都不見了，只剩下王添壽依舊委頓的坐著，他聽到喊聲，轉頭：

「見鬼了？那麼大聲叫什麼？」

「不！不！」蔡美英緊摀住胸口，喘幾口大氣，鎮定自己：「不要說『鬼』這個字。」

「妳幹嘛？不睡覺跑出來幹嘛？」

蔡美英看到王添壽臉色灰敗中，帶著慘綠的樣子，她不敢說出方才所見。

她走近王添壽，伸手在他頭、肩膀間揮一揮……空的，什麼都沒有！

她倒了兩杯水，一杯給丈夫，一杯給自己壓壓驚。

「你呢？為什麼不去睡覺？」

「我……」王添壽搖頭，不語。

「我知道啦，沒有喝酒，睡不著？要不要我去買酒呀？」

「妳別開玩笑了，都幾點了。我是不舒服。」

「真的？怎不早說，不舒服就該去看醫生啊。」

「我這幾天，脖子又痠又痛，躺下去更痠痛。」說著，王添壽轉轉頭，撫著脖子。

蔡美英想想，單刀直入的問：

「說真的，你到底查出醫院什麼祕密？」

王添壽心虛的搖頭，不敢說。

蔡美英轉移話題說：

「開刀前，我去求菩薩，保佑我開刀順利，已經回來這麼多天了，我明天想去廟裡拜拜還願。」

王添壽無可無不可的點頭。

次日一大早，王添壽和蔡美英一起去廟裡。

拜過正殿、偏殿、後殿，王添壽竟然感覺到頸部的痠痛，減緩多了。

「我說嘛，有拜有保佑。對了，我們去客堂見呂道長。我聽說他法力很高強。」

其實，這是蔡美英早計畫好了的，只是她不想先說出，怕王添壽會排斥。

乍看到王添壽，呂道長先是睜大雙眼，接著鎖緊眉頭。

「呂道長，您看我先生，是不是有問題？」

「問題大了，麻煩更大囉。」

王添壽大驚，接口說：

「道長，我來拜拜後，脖子的痠痛好很多了。」

呂道長點點頭，說：

「因為廟有門神，跟著你的東西，被擋在廟門外，你當然感到舒服很多。可是，你回去後，它們又會纏著你，而且不只一個。」

王添壽雖然驚愕，卻滿臉不以為然的問：

「纏著我？不只一個？您是說有很多隻鬼東西纏著我？在哪裡？我沒看到。」

通常愛喝酒的人有個共通脾性——嘴硬、不信邪，若果不是這樣，王添壽也不會故意去地下室，走那麼多趟。

「呵呵……」呂道長淡笑，伸手一指王添壽頭部：「它們吶，輪流坐在你的脖子上面。這就是你脖子痠痛的原因。」

聞言，蔡美英驚愕的說：

「啊！道長果然厲害。」接著，她說出昨晚，在客廳所見。

王添壽聽得瞪大眼：

「妳……妳……怎麼沒對我說？」

「我說了怕把你嚇死。別說你，我自已也怕啊！」蔡美英瞪著王添壽。

呂道長轉向王添壽：

「原本，它們一直在它們的地方待著。是你不該去招惹它們。」

聞言，王添壽無話可接，道長說的是事實。

蔡美英連忙懇求呂道長，無論如何，請趕走那群東西……。

呂道長看王添壽一眼，輕描淡寫地：

「嗯，這個要看被纏住者有沒有意願。」

他看得出來王添壽這個人死鴨子嘴硬，故意殺殺他的氣焰。

蔡梅英忙拉住丈夫衣袖，示意他開口求呂道長。

王添壽這才低頭，請求呂道長援救，加上蔡美英的懇求，呂道長便答應，做一壇驅鬼法事。

於是，呂道長配合王添壽的生辰八字，挑了個日子，做一壇法事。

法事完後，王添壽的脖子依然痠痛，兩夫婦只好再去找呂道長。

呂道長看王添壽一眼，沉重的說道：

「它們不肯離開。」

蔡美英嚇壞了，急忙求呂道長，再做一場法事。

「這個沒用。一來，是王先生有錯在先；二來，它們力量很強；三來，它們數量太多。」

「啊！」蔡美英呆住了：「那、那我們不是要一輩子……都受到鬼的騷擾？」

呂道長沉吟不語，這可真是棘手的事……。

「道長，您一定有辦法，求求您，不管多少錢我都可以付，只要求這些東西離開。」

「嗯……這不是錢的問題。」呂道長想了想：「不過，也不是全然沒辦法，容我想想。」

原來呂道長的辦法，就是親自到它們的棲息地方，祭拜。

王添壽聽了，有點怕。畢竟，他已經歷過事實，不敢不信。

人，一旦信了，就會收斂。也就是說，不敢隨便冒犯它們，可是往往都已經吃過虧了。

呂道長和蔡美英一起去醫院說項，但醫院不肯答應。

要是答應了，就表示醫院承認裡面『有鬼』，這可會引發多少後遺症啊？

經過溝通，加上蔡美英的死纏爛打，最後雙方協議，讓呂道長悄悄在醫院外面誦經祭拜，唯一前提，是不能讓別人知道——包括病患、護士們。

呂道長挑了個假日，真的一個人去醫院外面繞一圈，持咒誦經……。

蔡美英不知道呂道長是如何辦到的，總之，過了這個假日之後，王添壽的脖子痠痛果然不藥而癒。

王添壽和蔡美英很高興，備了三牲禮品，到廟裡拜拜。

呂道長說出這家醫院的歷史——

原來，這家醫院的地，之前是一塊軍事用地，專門用來囚禁以及槍斃重刑犯。

後來，有人把它給買下來改建成民宅，一樓做生意用，二樓以上住家。

結果，生意一敗塗地，屋主一家人被債務逼死，只剩下管家。

忠誠的管家捨不得把屋主一家人下葬，便把屋主一家人的遺體，置放在地下室。

管家當然更捨不得離開屋子，就死守在主人身邊。

王添壽遇到的獨眼、駝背、歪著嘴角的人，就是那位管家。

後來，管家把樓房以低價，租給醫院。雙方言明劃分界線，地下室所有權屬於管家，院方人員不得到地下室去。

這家醫院，坐落於重慶北路底，上橋大馬路邊，是一座私人開立的醫院，在幾年前已經遷離了。

第四章 鬥鬼

誰知道，鬼有幾種？

「我知道！」廖大坤一口咬定說。

這是一件真實的被鬼欺侮事件，談起這段際遇，廖大坤搖著頭，無言。

事情起因是他到醫院動大手術時，遇到了許多、許多的鬼。

當筆者訪問他時，他還興致勃勃地說：

「我開刀那時候，可慘了！被那些鬼欺侮，根本無力反擊。」

筆者笑了：

「那，請問你，誰有力量反擊啊？」

廖大坤歪著頭，想了老半天，沒有答案。其實依常理推測，遇到鬼的人，通常跑都來不及了，哪會想反擊？

最怕的是，連跑都沒辦法跑，那才叫糟糕呢！

回頭來談廖大坤的親身經歷吧。

廖大坤家住在鶯歌。過完年不久，他身體不適，兒子就近帶他到恩主公醫院看病，哪知道，醫師在看過廖大坤後，居然不收治。

不得已，廖大坤兒子只好轉院。

轉院後，醫師緊急替他吊點滴。但是到了晚上，廖大坤感到更不舒服。

說實在，病患還真多，急診室擁擠的狀況，真是無法想像。醫師、護士們忙得團團轉，直到八點多，才有醫師來看廖大坤。

這時，廖大坤已陷入半昏迷狀態，醫師忙把他送到加護病房，插管治療，再仔細檢查。結果發現他身上有細菌，已經蔓延到心臟了。

剛好，有一位醫師是心臟專科，他馬上說：

「我可以操刀治療。」

晚上十一點半左右，手術順利完成，廖大坤被送入加護病房，險險撿回一命。

到了下半夜，麻藥退了，廖大坤醒過來。迷糊中，他眼角餘光看到身邊許多醫護人員在忙碌著。

雖然身上傷口很大，但因為藥品用最好的，加上醫師的醫術高明，廖大坤感受到的疼痛並不強烈。

加護病房內有五床病人。廖大坤的病床最靠近牆邊，數過來是第五床。

無意中，他看到中間第三病床底下，有東西！

剛開始廖大坤沒太在意，不過那些東西，一直在晃動，這才吸引了廖大坤的注意。

他吃力的微側著頭，放眼望去……。

唷！

那是一群……怎麼說？

剛看到它們，廖大坤意識還不是很清晰，一時沒想那麼多，只是無意識的盯著它們。

只見它們這一群：

——有頭頂長著兩隻角的；有一團烏黑不成形的；但有長得過度矮小的；有臉孔萬分猙獰的；有喉嚨像針般細，卻連接著如鼓大腹的；有………。

總之，無法細數說盡這一群鬼東西。

看清楚之後，廖大坤心口大顫，不敢再看。他正欲轉回眼，忽然其中一隻抬眼看廖大坤！

只見它整顆頭凹凸不平，不但是頭頂，連它的臉、脖子，都凹凸不平，兩顆紅通通一高一低骨碌碌的鬼眼，瞪住廖大坤！

——糟糕！被發現了！

廖大坤連忙轉回頭收回眼，同時緊閉上雙眼。

不知過了多久，似乎沒啥動靜了，廖大坤這才放下一顆懸著的心。

但是，他不敢再睜開雙眼。

☢

醫護人員過來，檢查廖大坤的術後傷口。廖大坤恢復得很好，不過第二天他身上還是插了許多管線，像心電圖管、導膿管、導尿管、點滴……只是，他精神算還不錯。

加護病房內，因為考慮到病人，原本光線就不很明亮，所以白天黑夜看起來都差不多，就是有些暗昏昏地。

廖大坤整天睡睡醒醒，到了晚上不曉得幾點，他睡醒了。略動一下身軀……這時他眼角餘光，看到一大團影子……。

病房內有其他醫護人員在工作，所以廖大坤立刻分辨出……。

這一大團影子，不像醫護人員的影子般具體，它呈灰、淡條狀，擠進加護病房後，這一大團影子，遽然分開……。

廖大坤看到這些影子，竄向病房內各個角落，包括五張病床的床底下。竄向病床的床底下，淡影逐漸變深，現出原形——就像昨天廖大坤所看到的那一群鬼物們。

只見這群鬼東西蹲下來，不斷的伸手，從地上撿拾什麼往嘴裡送！

廖大坤不免感到奇怪，明明地上沒有任何東西，這群鬼物竟然不斷的撿拾著，不斷往嘴裡送……。

忽然，他看到第三床底下的鬼物，直立起來——呃！它還不到病床高度的一半，只見它動作敏捷，一躍跳上病床，低下猙獰的鬼頭，一把咬住床上病人的手臂……。

一面咬，還一面搖晃著鬼頭，似乎想咬下他一塊肉來。

「呀！喔！」病人忽然叫起來。

醫護人員連忙走過來，細心問病人，哪裡不舒服？

正在這時候，廖大坤突然感到病床一陣輕微搖晃……接著一隻鬼物跳上來——

這隻鬼物，長得烏漆墨黑，根本看不出來它的模樣。

它趴下來，剛好趴在廖大坤胸口，低頭吸血……。

廖大坤遽然感到胸口一陣悶痛，他忍不住呻吟一聲，揮動著手臂，想趕走它……。

哪知，它卻轉頭，黑洞洞的鬼眼沒有眼瞳，只閃著兩團詭異的青色火焰！

廖大坤一驚，渾然呆愣住，它低下頭，咬向廖大坤的上臂，他忍不住痛呼出聲。

另一位女性醫護人員看廖大坤一眼，又回頭，繼續她手邊的工作。

「啊——有東西……咬我！」廖大坤叫道。

廖大坤的胸前傷口滲出血，上臂則出現瘀青。女醫護人員替他擦掉胸前的血。

「快把它趕走！它吸我的血、咬我的肉啦！」

女醫護人員無言的看他一眼，眼裡盡是疑惑。

「妳看！」廖大坤指著隔壁第三床，說：「它在咬他……。」

女性醫護人員看向第三床病患，居然露齒而笑……。

「我說的，是真的啦！沒有騙妳！趕快趕走它們……。」

不管廖大坤怎麼說，就是沒有人相信他的話！

☢

廖大坤有兩個兒子，小兒子名喚廖生潭。

廖生潭具有陰陽眼，曾經被樹林一家宮廟主事者看中，請他當乩童。

據廖大坤說，每次作法會，只要廖生潭在場，關聖帝君都會附身在廖生潭身上。

只是，廖生潭不太喜歡被附身，他說關聖帝君退駕後，他會非常疲累，自從他娶妻生子之後，就不常參加法會了。

在加護病房第三天，小兒子廖生潭來看他！

這時候，廖生潭尚未娶妻，還是單身。

一進病房，廖生潭就攏皺起眉頭。

廖大坤看兒子這表情，心裡有數，不過他不想說破。

他告訴兒子，醫師說他明後天就可以轉到普通病房，叫兒子不必再來探望。

「明後天啊？」廖生潭搖搖頭：「嘿！爸！你還能忍受呀？」

聞言，廖大坤臉色一沉，悶不作聲。

這真的是「虎落平陽被犬欺」。

廖生潭閃閃雙眼，他清澈眼光，射出銳利眼芒，掃過病房內一圈。

「生潭！你，莫非你也看得到？」廖大坤問兒子。

廖生潭用力一點頭，眼睛繼續橫掃病房的地上。

廖大坤彷彿找到知音，忙舉起手臂：

「你看，它咬我，還吸我的血！」

廖生潭很生氣，他認為自己有統籌陰陽的能力，為什麼父親會受鬼物欺侮？

當下，他不發一語，離開加護病房。下午，他很快又來探望父親。

廖大坤很意外，但兒子來看他總是件值得高興的事。他說：

「過兩天我就要轉普通病房，你要上班，不必再來了。」

「爸！我中午去廟裡，求了護身符，你帶著。」說著，廖生潭將護身符，塞入廖大坤胸前，收妥。

「難為你了。我是想，再忍耐也剩一天而已，不必跟它們計較。」

廖生潭望著還在地上忙碌著的那群鬼物，低聲說：

「不能小看它們！」

「什麼，你看出它們了？怎樣，很可怕？還是……？」廖大坤更低聲的問。

「很兇戾！它們是一群餓鬼。」廖生潭說：「剛剛我在門口還看到一隻『食屍鬼』。」

「真的？那它們是什麼鬼？」

「很多，想不到這麼多鬼竟然都聚集在醫院裡。」

廖大坤聽得汗毛直豎。

據廖生潭所描述，那頭頂有兩隻角的就是「黑闇鬼」。一團烏黑不成形，有手的，是「食血鬼」。長得特別矮小，鬼臉猙獰的是「食糞鬼」。

那喉嚨像針般細，卻連接著如鼓大腹的，是專吃小孩童的「食小兒鬼」。

「只要它們不犯我，我不犯它們，不就沒事嗎？」

「爸！那是我們看得到它們，懂得提防它們。」

「喔？看不到它們的人，會怎樣？」

「這些鬼類，喜歡群聚，群聚的陰力強大。要是遇到體弱的病患，陰盛陽衰，只怕病患會逐漸衰弱，甚至……死亡！」

「生潭啊！你不是嚇唬爸爸的吧？」

廖生潭搖頭，說：

「我幹嘛嚇唬你？醫院是陰陽交替的交界。只不過陽壽未盡的人，它們也奈何不了。」

廖大坤聽後覺得不寒而慄，但還是忍不住好奇的問：

「生潭，你說這些話，不怕它們……聽到嗎？」

生潭舉起手，彎曲著食指、無名指，結著手印，廖大坤看了這才知道，原來生潭當過乩童懂得法力。

廖大坤的治療原本很順利，應該轉到普通病房。豈料，廖生潭忽然接到通知，說他父親還在加護病房。

廖生潭放下工作，連忙趕去醫院。

從早上等到下午三點，廖大坤滿臉憔悴的被送出來。

據醫護人員說，本來今早要送廖大坤到普通病房，不料他突然發燒，經過檢查，發現他的傷口，蓄膿。

因此，不得不把他的傷口掰開，刮下膿血……。

謝過醫護人員，等醫護人員走了，廖生潭才問父親，到底是怎麼回事？

廖大坤雖然虛弱，可精神還好，他絮絮說出昨晚……。

廖生潭把護身符塞入父親胸前，廖大坤認定萬無一失了，就安穩的入睡。到了半夜，廖大坤忽然覺得大腿被壓被捏，他痛醒過來，看到「食糞鬼」、「食血鬼」。

「食血鬼」在他腿上壓呀壓的，想壓出血水來喝。

「食糞鬼」在他腿上，不斷的捏、摳，想挖他的肉吃。

廖大坤扭曲著臉，掏出胸前的護身符，同時，揮舞兩手，要趕走兩隻鬼。

護身符閃出冥光——這是屬於陰界的法光，它不同於佛光的明亮溫煦，可是它能抑制冥界的妖魔鬼怪。

受到冥光照射，兩隻鬼雙雙滾下，還被轟得老遠。

分散在周遭的其他眾鬼類看到了，登時怒睜著鬼眼，齊齊看向廖大坤。

廖大坤心想：不好！

不一會兒，只見它們圍聚過來，團團圍住廖大坤，可是忌憚他身上的護身符，它們一時也不敢怎樣。

就這樣，雙方對峙了好久……。

這時，從門口走進了幾隻形象猥褻的大頭鬼，它們的頭奇大無比，連帶嘴也特別寬大，竟然是「食屍鬼」！

照說，它們都是守在太平間，啖食屍首才對，這會，怎麼會出現在這裡？

廖大坤看到為首，領著它們的，竟是長著兩隻角的「黑闇鬼」！

嚇！

這一大票鬼物，團團圍上來，「黑闇鬼」打橫展開雙臂，圍住了廖大坤的病床……。

護身符的冥光，跟「黑闇鬼」鬥著法，時而縮小，時而放大。

冥光縮，它的手臂就進逼；冥光擴，它的手臂就退後。

雙方戰得不分勝負，護身符的力量，不可小覷呀！

然而，那群鬼物，竟不耐煩了，紛紛鼓譟、跳躍不已。

那群「食屍鬼」似乎更不耐煩，它們張牙舞爪的靠近，一個連著一個，攀緊「黑闇鬼」，把它們的力量，一齊灌入。

終於，廖大坤看到護身符的冥光，竟然逐漸縮、縮、縮小，最後不見了！

眾鬼物歡聲雷動的鼓譟了一陣，在「黑闇鬼」一聲令下，全撲向廖大坤，有的趴到他身上、有的啃他腿、有的咬他手、有的打他頭。更有幾隻趴到他胸前，狂吸、猛吸他的傷口。

這就是他傷口蓄膿的原因，可是如果說出來，醫護人員一定不相信。

廖生潭憤怒極了，他緊握住手，說道：

「這些東西，太可惡了！趁人之危！」

生氣歸生氣，可是廖大坤還得住院，這些日子，廖生潭就該擔心了！

☢

廖生潭下班後，趕去樹林火車站旁的X宮，宮裡的道姑，今年已經八十多歲了，她雙眼看不見，可是卻可以感應。大家都尊稱她：仙姑。

「生潭！你今天來，有事？」

「仙姑，我爸住院了！」

「什麼？他什麼病，怎麼之前沒聽說過？」

「嗯……因為我爸怕大家擔心，不讓我說。」

接著，廖生潭把前因後果，詳詳細細的說給仙姑聽。仙姑一面聽一面聳動著兩道白眉。

「現在，我很擔心我爸……。」

畢竟，生潭只是個凡人，法力不足。

「現在，你爸呢？還在加護病房嗎？」

「轉入普通病房了，可是我怕它們……。」

仙姑掐指撥弄著指尖，算了一下，說：

「依我看，你爸還好。」

「仙姑，您說的還好，是指……？」

「合該你爸有這個劫難。不過還不至於那麼嚴重，你不必擔心。」

聽到這話，廖生潭還是有點不放心：

「可是，我怕……。」

「怕那群餓鬼？」

「仙姑，您有所不知，那群簡直可怕極了，種類很多。就連該待在太平間的『食屍鬼』，竟然也跑出來了。」

「唔！我們現在，幾乎每天都有人亡故，它們這群，不至於缺糧呀！依我揣測，或許是它們忽然增加許多數量……。」

「怎麼會這樣？」

「嗯……」舒了口氣，仙姑沉聲道：「雖然說，陰陽兩界都各有戒律，不得跨越，不過你知道有些不按牌理出牌的人，加上許多惡意騷擾，不服戒律的陰物，誰能預測會發生什麼事。」

「難道……就無法可治了？」

「要你來當乩童，你可願意？」仙姑瞎了的雙眼，忽然一翻。

廖生潭無語了。他也不是排斥，但就是不喜歡，也許是他還年輕吧。

「你想，能維護正義的人不多，這股正義的力量，愈來愈薄弱了。所以，只能任其妄為。」

廖生潭聞言，攏緊雙眉。

「你看，這世間有許多突然發生的意外，我是不敢說都是它們的傑作，不過，有許多強盛的陰物，加上人類氣勢低迷，也就是衰運正盛……碰上了，就發生了許多讓人意想不到的事故。」

「這麼說，我們該如何自保？」

「簡單說，做人做事，要符合天道良心，還有，千萬不要貪。這個『貪』字，害死了多少人，唉！」

廖生潭點點頭，只聽仙姑做了個結論：

「話說回來，人的『心』、鬼的『意念』，哪能不受誘惑呀？」

廖生潭企盼的眼神盯住仙姑，仙姑雖然看不到，卻能感受到他的需求，說道：

「放心，你爸的事，我會想辦法。」

「是！謝謝仙姑。」

仙姑的方法很簡單，就是以「鬼」制「鬼」。

廖大坤轉到普通病房，病情已經穩定，精神恢復了許多。

聽完廖生潭的敘述，廖大坤皺起眉頭……。

「這樣……好嗎？對了！她——仙姑跟你提什麼條件？」

廖生潭微牽動嘴角：

「爸！你真了解仙姑。」

「說呀！你答應她什麼條件？」

「唔，就答應她，跟三趟的割香！」

所謂割香，就是廟會時，廟裡會包遊覽車，領信徒到別家廟、宮參訪。

之前廖生潭都婉拒了仙姑的邀請，因為他每次參加，每次都會被附身，也不曉得為什麼，關聖帝君就是特別喜歡他。

原本，廖大坤甚覺光榮，但兒子不喜歡，他沒話可說，就順從兒子之意。

「現在呢？仙姑想怎樣？」廖大坤指指自己身體：「看看我，已經恢復近八成了。我想那群東西，應該不會再找我麻煩了。」

「仙姑說，她會挑個日子，來探望你。」

過了兩天，仙姑果然來了。她一坐下來，立刻感應到周遭的氛圍。

「仙姑，怎麼敢勞駕您來，真的很抱歉。」

「你精神很好啊！」

「是，託您的福，一切平安。」廖大坤說：「醫生說，傷口沒有變化的話，拆線幾天後，就可以出院了。」

「嗯……」仙姑點著頭，轉向周圍半圈，嗅不出穢物、鬼怪的味道。

好一會，仙姑問道：

「你，怎樣？它們還有來騷擾你嗎？」

「移入普通病房後，就沒再來了。」

「很好。」

頓了頓，廖大坤有些遲疑的說：

「我想，已經平安就好了，還是不要再惹它們……。」

廖大坤的意思，明確地說，就是不要再跟它們鬥。他其實也明白，人跟鬼鬥，下場都很堪憂。

仙姑淡然笑了：

「如果能這樣相安無事，當然最好。放心，我今天只是來探望你，你平安就好了。」

老成的廖大坤，聽出來仙姑的話中話。既然她都這樣說了，廖大坤當然也就不再多言了。

兩人又閒談了一會，仙姑才在信徒的陪伴下，離開醫院。

不想，仙姑的身後，正有一雙灼灼綠芒，緊盯住她……。

☢

仙姑無兒無孫，單身一人。白天，仙姑都住在廟裡，晚上才回她的小公寓。

從醫院回來這一天晚上，她跟平常一樣，吃過晚飯，打坐一會，誦一卷『心經』，再上床。

她躺到床上，突然脖子猛然被掐緊……只見她皺眉、咬牙，一副非常痛苦狀……。

這時，尖銳的鬼聲傳入仙姑耳中：

——嗷嗷……呵呵呵……沒聽過?人不與鬼鬥，鬥了必輸!

「喔……唔……。」仙姑掙了幾掙，沒能掙脫。她知道，對方道行頗高。

既然這樣，不能強擋，只能以柔克剛。

心念這一轉，仙姑冷靜下來，她默念起『心經』。

可是，脖子上的掐力依然，仙姑知道，『心經』對它無效。

接著，仙姑又誦起「佛號」。但是，全都沒有用。

脖子上的掐力，時鬆、時緊，就知道它是故意戲耍仙姑，仙姑問道：

「你想怎樣？」

——嗷……沒怎樣。妳不是很厲害嗎？呵呵呵……。

「哼！我跟你遠無冤、近無仇，為何來找我？」

——嗷嗷……遠近無冤仇又怎樣？老子我就喜歡掐妳脖子，呵呵呵……。

這隻鬼物，果然難搞。只聽它狂嚎一陣，又說道：

——嗷……妳想以鬼制鬼？啊？老子我就等妳喚鬼來制老子！

什麼？這只是我的想法而已，根本都尚未付之實行，這隻鬼，竟然能看透我的心思呀！

「人、鬼各有分界，你不犯我，我不犯你。我怎會喚鬼制你。」

——嗷嗷……老子不爽！

果然，鬼界向來不講道理的，這個仙姑早就知道。只因為她起了個念頭，竟引來了這隻厲鬼。

如果不施點壓力，恐怕難以善了。

仙姑默念起咒文……一會，她看到了這隻厲鬼，有三個頭、六隻長相奇詭的手，胸部以下是一團火焰，是俗稱的火焰厲鬼，難怪它脾氣火爆。

——嗷嗷……知道我的厲害了喔！沒錯！我正是火焰厲神。

仙姑的念頭，都逃不出它的眼，還有，它們喜歡自稱「神」。

因為，神格比鬼格高。

仙姑知道它能測知自己心思，她遂端正思緒，腦中專心一意祭起咒語：

『唵鉢囉末隣陀寧娑婆訶。』滅定業真言。

『唵阿嚕勒繼娑婆訶。』滅業障真言。

『唵伽囉帝耶娑婆訶。』破地獄真言。

『南無部部帝叻伽里哆里坦哆訛哆耶。』普召請真言。

仙姑一再的默唸，愈唸愈快、愈唸愈急……。

不知道她唸了多久，忽然她脖子一鬆，火焰厲鬼倒栽蔥似的，滾落到地上。

仙姑撫摩著自己頸脖，她閉緊的雙眼中，看到了一尊幻軀。

這幻軀，高大魁梧，渾身濃烈散發出威嚴，威嚴中帶著逼人無法擋的煞氣！

仙姑連忙翻身在地，虔誠的跪拜下去：

「參見鬼王！拜見鬼王！」

「哼！火焰厲小鬼！你好大膽子，敢侵犯修行人！」鬼王說話的時候，渾身散發出一圈圈七彩光芒。

鬼王兩旁，各浮立了四名陰卒，陰卒長相模糊不清，只看得到閃閃彩影。

火焰厲鬼，迅即翻起身，跪拜下去。

——嗷嗷……鬼、鬼王！參拜鬼王！小的……有冤屈呀！

「有冤，何不到陰司告狀？不得擾亂陽間，你，不知道嗎？」

——嗷嗷……是！是！

「來呀！領著火焰厲鬼，歸回陰司！」

瞬間，旋起陣陣強風，迴旋的強風漸旋，漸縮……縮到最後，風止影杳……一切歸於平靜！

☢

廖大坤身體康復，順利出院後，才由仙姑口中得知她這一切際遇。

廖大坤不免感到疑惑，那隻火焰厲鬼從哪來？

仙姑說：

「有可能是從醫院，一路跟蹤我回去；也有可能，是在半路上跟著我。總之這個世界、宇宙，到處都充斥著我們不知道的物事。」

廖大坤點著頭。

仙姑語重心長地下結語，說道：

「所謂：人心不古，世道難平。為人、做事，最好憑良心。否則，業報一到，萬劫難復啊！」

第五章 亡靈的託付

許亞人明天要開刀，今晚就住院。因為是小手術，他心裡並不害怕。

夜幕漸沉，用過醫院的晚餐後，就可以休息了。

許亞人住的這間是三人房，但只住了兩位病人。他的病床靠窗，另一位靠牆那面，中間床位是空的。

七點多近八點時，靠牆的那位病患，跟陪他的家人到外面去聊天，病房內只剩下他一人。

他隨意坐著，專注的看電視。

忽然，有人走進來。許亞人沒注意，仍然看著電視。

奇怪的是，那個人進來許久，還是一樣站在房門口，動也沒動似的。

許亞人忍不住，轉頭看一眼……

咦？他不是這間病房的病患哩！

許亞人記得靠牆那位，年約四、五十左右，眼前這一位，看上去有八十多歲，他滿頭、鬍鬚都是花白。

許亞人在看他，他也回望著許亞人，許亞人看到他雙眼呆滯，沒有表情……。

許亞人向他點了個頭，又轉頭去看電視。

眼睛看著電視，但是許亞人潛意識覺得，有些不對勁。

哪裡不對勁，他也說不上。再轉頭去看，那位老頭已經不見了！

呵！許亞人心裡打了個鼓！

沒有聽到腳步聲呀！但或許他是新進病人；或許是靠牆那位的親戚；或許……。

眨眨眼，許亞人一回想，沒有注意到，他是否穿著病服。

唉！不管他了，醫院裡病患來來往往，沒有什麼稀奇呀！

十點多，靠牆那位病患進來了——這會兒，許亞人就特意看他……他也回望許亞人，微微頷首。

「您貴姓呀！」許亞人問。

「我姓王，叫王東昱。請問你是？」

許亞人禮貌的報上自己名字，又問道：

「有一位八十多歲的老先生，是你的親戚嗎？」

王東昱歪頭，想想，搖頭：

「我沒有這樣的親戚哩。怎麼？」

「啊！沒有。我看錯了。」許亞人道：「或許是中間這床的病人吧。」

「喔？我不知道耶。」王東昱說：「我今天才住院。」

許亞人點點頭，說：「我也是今天住進來。明天開刀。」

兩人於是聊起來，原來，王東昱也是小手術，兩人談了一下，已經晚了，就各自入睡。

睡到一半，許亞人聽到耳旁傳來打鼾聲。

這聲音很渾厚，一聽就可以判斷年紀不小了，許亞人想是王東昱。

但，聲音怎麼愈來愈響？

許亞人忍不住轉過身，嗯？鼾聲竟然猛地停住了！

他看到對面的王東昱，平穩的睡著——他沒有打鼾！

難道是自己在打鼾？——許亞人有些失笑！

閉上眼，準備再入睡，可就在他將睡未睡之際，打鼾聲又來，而且從小聲，漸漸變得大聲。

就這樣，許亞人數度被這惱人的打鼾聲吵醒。

他下床，走到護理站，向護士要一點「安眠藥」。

護士看看他的病歷，一面拿藥給他，一面和藹的笑著：

「明天要開刀，睡不著嗎？」

「我才不是害怕！」許亞人忙辯駁說。

吞下安眠藥後，許亞人果然一覺到天明。

☢

雖然是小手術，也是有傷口，也是會痛的。許亞人忍了一下午，到晚上已經減緩了些，但還是會痛。

吃了止痛藥，許亞人沉沉入睡了。

睡到一半，他被耳旁的打鼾聲吵醒，他迅速回過身，咦？

沒看錯？中間明明沒有人的病床上，躺了位病患！

許亞人睡意全無，他看著病患背影，極力回想著：

早上他在手術房，當然不知道。下午回到病房，好像因為傷口痛，也沒注意鄰床是否有人？

他注意一看，這位病患滿頭、鬍鬚都花白了，他就是昨晚走到病房門口，那位八十多歲的老先生。

許亞人頓然明白了，原來，他真是這間病房的病患。

許亞人抬起手腕，看一眼腕錶，午夜二點整。

轉個身，他又繼續睡……。

他似乎睡得很好，是查房的護士小姐喚醒他，主治醫師看看他傷口，說：

「有哪裡不舒服嗎？」

「沒有，一切順利，謝謝醫師。」

主治醫師滿意的頷首：「嗯！這樣的話，明後天就可以出院了。」

醫師和一群實習生、護士走出病房。

許亞人心情很好，傷口已經不痛了，他下床梳洗用早餐。

忽然，他發覺鄰床的病床看起來很整潔——不像是有人睡過似的。

眨眨眼，他轉望對面，王東昱在換藥，可以聽到他低低的喊痛聲音。

許亞人原想問他些事情，但想想把話又吞了回去。

下午，許亞人更舒暢許多了，他想去走走或許買個東西什麼的，便搭著電梯下樓。

唔？怎麼回事？

明明按了一樓，電梯竟然沒停一樓就直接下到B1。

是有人要上樓嗎？——許亞人這樣想著。

到了Ｂ１，電梯門開了，他探頭望外面……沒看到人。

他擔心有人錯過了上樓的電梯，便跨出電梯外，左右張望。

唉！誰叫他這麼好心？

還是不見半個人，但右邊靠牆處，一個病床上面躺了個人，全身覆蓋著白布……。

許亞人眼光觸及白布，心裡沒來由地「咚！」一跳！

說真的，許亞人這個人從來沒上過醫院，這次可是第一次住院動手術。

對醫院的狀況，不是很熟悉，不過他曾聽說過，有些醫院的地下室會暫時存放往生者的大體。

那，眼前這具……就是大體囉？

想到此，他心口更是怦跳得厲害。

他急忙轉身，想迅速進入電梯內，可是腳步似乎有些遲滯，短短幾步路，竟然感到好遙遠……。

而且，他深切感到，身後好像有什麼東西拉住他般，讓他腳步倍感吃力！

究竟是什麼東西拉住他啊？

走到半途，他忍不住回頭望……。

就在此時，不曉得哪來一陣風，吹掀起那塊白布……白布翻開，露出大體的臉！

許亞人定睛一看，一顆心猛烈狂跳、幾乎要蹦出口腔！

這張臉他見過！

只見臉上滿布著歲月的皺痕，看來應該有八十多歲了，滿頭、鬍鬚都花白了！

許亞人差一點軟腳，他手顫抖個不停。好不容易就快摸到電梯門，偏偏在這時候電梯門因為開太久，居然闔上了！

猛吸口氣，許亞人急切的尋找樓梯。一般說來，樓梯會在電梯附近。

前邊沒有，後邊呢？許亞人顫抖的手，虛掩住雙眼，他意圖越過那具大體……。

啊！看到了！

樓梯，就在置放大體的那一邊！

許亞人心中，慘烈狂嚎著、天呀！這、這、這叫他如何走樓梯啊？

急忙忙地，他用力、用力、更用力的連續按、按、按電梯按鈕……。

☢

醫院一樓人來人往，跟地下室的淒寂比起來，簡直有天壤之別。

許亞人樓上樓下的跑了好幾趟，就是想立刻辦出院手續。

可惜沒辦法，因為必須要主治醫師簽准才行。

最後，許亞人垂頭喪氣地回到他病房的那樓層，思緒翻轉間，他跑到護理站，跟護士小姐哈拉。

像他這麼年輕的病患不多，護士小姐資格老，對許亞人是有問必答。

唯有一件事，護士小姐無法辦到，就是換病房。

「反正，你明後天就要出院了，忍耐一兩天吧。」

「唉！」長嘆一聲，許亞人真是有苦說不出。

「怎麼？多住一天，有那麼痛苦啊？」護士小姐不懂了：「是你隔壁的病人，吵到你了？」

許亞人搖頭，話題一轉：

「對了，我那間病房，只有兩位病患嗎？」

「對呀！」

「中間那一床，沒有人嗎？」

「嗯……對。」護士小姐聲量忽然轉小。

「為什麼沒有人？」

「就……就暫時空缺，有病患來了，才會馬上進住。」

「那張病床之前的病患呢？」許亞人口吻咄咄逼人地：「總不會一直是空著的吧？」

「嗯……。」護士小姐點著頭，假意低頭整理病歷。

「欸！小姐，妳說之前的病患呢？」

支吾老半天，小姐低聲說：「走了！」

「上天堂？」嘴裡這樣說，許亞人心裡恍然大悟：果然……。

許亞人的幽默口氣，讓護士小姐失笑，隨即又嚴肅的工作著。

「我……我會害怕呢，怎麼辦？」

「嘖，不要迷信。他老人家不會害你啦，再說，他很可憐。」

「喔？怎麼說？」許亞人好奇問。

「兒孫都沒來探望過他。現在他走了，也沒人來處理後事。」

「那怎麼辦？你們醫院就把他丟在地下室，不聞不問。」

護士小姐睜大雙眼：

「你？你去過地下室？你看到了……？」

「不談這些。反正請妳幫我個忙，向主治醫師說，我明天要辦理出院手續。」

護士小姐點點頭。

許亞人只得又回病房內。

王東昱跟許亞人點頭招呼，許亞人問候他的病況後，意興闌珊地上床、看電視。

眼望電視機，心中思緒可忙著哪，他不斷的安慰自己：

——再忍一夜就好了。

☢

很晚後，許亞人才疲累的入睡了。

不知睡了多久，應該有兩三個小時，一陣陣打鼾聲，把許亞人驚醒過來！

他沉靜的想：又來了！不怕！不怕！這裡還有王東昱呢！

他試著掩住雙耳——竟然沒用，鼾聲反而更清晰。

試圖保持冷靜，許亞人想到好幾種方法：

——去叫醒王東昱，跟他聊天。還是，乾脆我落跑，去護理站值大夜班？還是吼它，把它轟回地下室？還是……？

想了很久，最後許亞人翻身坐起來，正要大聲吼它。

呃！原來，那不是鼾聲，而是它的呼吸聲！

頭髮花白的老頭子，懸空坐在床鋪上，面向著許亞人，許亞人如木偶人般，愣視著它……。

人眼對上鬼眼，許亞人看到它灰暗眼睛，呆滯、無神……不！它眼裡流露出一股……死氣，死氣由稀薄，逐漸濃烈。

然後，模糊了，意識模糊了……許亞人只感到，整個人渾渾噩噩……。

——小兄弟！

誰是你小兄弟？

——別這樣。我知道你這個人，古道熱腸。

我又不認識你，你管我古道熱腸。

——唉！我這一生，從沒求過人。拜託你，幫我一次，最後一次。

什麼最後一次，你死了？

——嗯！

看來不像啊，你還會呼吸，又這麼響。光聽你的呼吸，就知道，你還很健壯。

——是嗎？謝啦！遇上你這個小兄弟，是我的福分，倘若你願意伸手鼎助我這最後一次，我會更感激。

哼哼，我有什麼好處呢？

——我自然會答謝你。

嗯……既然如此，我可以考慮，問題是我如果做不到呢？

——絕對可以，一定可以。

——……

——你明天就要離開了，何妨做件善事。啊？

先說說看，你要我做什麼？

——謝謝你，我就知道你是好人，一定會有好報，會娶個好太太，生個好兒子……。

喂喂喂……等一下，我還是單身，也沒有女朋友。哪來好太太、好兒子？

——嘻嘻……呵呵……快了！快了！

等等，你又是誰？我怎麼稱呼你？

——我姓林，名叫福全。

林福全，名字還不賴。

——那就這樣，我先謝謝你了……

林福全突然伸出手，推了許亞人一把。許亞人來不及叫出聲，人已醒過來了！

「啊！呃！呼呼呼。」

許亞人張大著嘴，喘著氣，摸著自己胸口。他躺在自己床上，一轉頭，鄰床空無一人，就連那個可怕的老頭鬼也不見了！

怎麼會做這麼離奇的夢？

是自己亂想，所以胡亂作夢？

但是，夢中情景分外清晰，就連對話也字字記憶清明啊！

那個老者，分明就是……一再碰見的……也是地下室看到的……。

許亞人明白自己一旦答應了人，就一定會做到。

呃！不！那是指對人，它……不是人，而且這只是個無稽的夢境啊！

明天，明天就要出院回去了，不必管這麼多吧？又不認識它！

對了！它說它叫林福全！

嘿！幹嘛記這麼清楚？許亞人拍拍額頭，把臉埋入枕頭裡。

☢

次日，主治醫師准許亞人辦理出院。

許亞人高高興興的收拾物品，一面跟王東昱閒聊，祝福他早日康復。

走到護理站，許亞人聽到護士小姐在講電話：

「啊！林先生，請問，是林福全老先生的親屬嗎？什麼？不是呀？哦！對不起。」

掛掉電話，護士小姐滿臉無奈。

林福全三個字，把許亞人吸引過去。

「請問，妳剛剛提到林福全，是怎回事？」

「林福全老先生幾天前病逝，大體一直停放在醫院，他的親屬也不來領走，呃！真傷腦筋。」

「怎麼會不來領呢？」許亞人想起那個頭髮、鬍鬚都花白了的老先生。

「好像是……沒錢，因為林福全有後代，不符合救濟條件，不然早就讓葬儀社處理了。」

聽到這樣的話，許亞人的心無端悲戚起來……。

但又一回想，自己是不相關的外人呀。想想，他迅速下樓，到一樓櫃檯辦理出院。

回到家真好，梳洗一番，又把這幾日不在家時的髒亂，整理乾淨。

租的這間小套房，坪數不大，整理起來很方便。

放上CD，優雅的音樂流瀉在小小空間裡，倒了杯冰水，躺到小沙發上，許亞人讓自己完全放輕鬆。

不知是放鬆的關係？還是疲倦？許亞人意識竟模糊起來……。

——唉唷！小兄弟！

許亞人嚇一跳，赫然看到——林福全站在房門口。

你、你、你怎麼進來……？

——我有心事未了，想進來就進來。不請我坐？

許亞人無可無不可的擺一下手勢，林福全坐在他對面。許亞人一看，他是凌空而坐的。

可這會，許亞人完全不感到害怕。

林福全灰白混濁的眼睛，直視著許亞人，許亞人被看得不自在，斜望他一眼：喝水嗎？

林福全搖頭，有點嚴肅地：

——我要的不是一杯水。你應該懂得的。

可是……不然你要什麼？

——我之前都跟你說過了，為什麼不肯幫我？

許亞人皺起雙眉，無語。其實有許多無法幫忙的理由，只是他無法說出口。

——你聽清楚，不肯幫忙的話，我無法入土，你也不得安寧！

你，在威脅我？

——不是這樣講，這件事對我來說是很重要，但對你來說，不過是舉手之勞。

許亞人喃喃低語，似乎在說給自己聽。

什麼嘛，對我來說，困難重重。

——我會給你好處。這我已經說過了，難道你不相信？

不只不相信，根本就是無法相信，像這種無稽之談，不說他許亞人，任何人都不會相信的啊！

沉默好一會，林福全，忽然變得面孔猙獰，雙眼暴突，言詞尖銳狠厲：

——給你一天時間，如果你還是不肯幫忙，不要怪我對你不客氣！

你、你想怎樣呀？

——我不想嚇到你，所以用託夢的方法來拜託你。要是你不肯幫忙，下次我會直接化成厲鬼，來找你……。

說完，林福全整個人，從頭開始消散，接著往下，脖子、上胸、下腹……，一一消散，消失在空氣中……。

欸欸欸，你……。

「你」字還在嘴裡，許亞人已經醒過來了。

他沒來由的渾身打顫，這感覺不是害怕，而是跟「陰物」接觸過後，人體的自然反應。

☢

從醫院問出林福全的地址，許亞人很快的，就找到他家來了。

走這趟是必要的，畢竟人不與鬼鬥，鬥了必慘輸！

「誰呀？」

門開了，一位看來能幹的女人來應門。

「我姓許，名叫許亞人。對不起，我可以進去跟您談談嗎？」

上下打量著許亞人，女人似乎不太願意的樣子。

「你……許先生，有什麼事？」

「重要的事。我可以進去談嗎？」

「對不起，我不認識你，沒什麼好談。」說著，女人欲闔上門。

許亞人一把推開門，口氣堅定地：

「李月英，李小姐！這事很重要。」

一面說，許亞人一面不客氣的跨進門內，李月英有點怕了，回頭喊她先生，一位塊頭蠻大的男人走出來。

「你是林琪林先生吧？我姓許，叫許亞人。」許亞人指指沙發：「我可以坐下來？」

林琪看他一派斯文，不像惡徒，便點點頭，他和李月英一塊坐下來。

「我受林老先生所託……。」

「哪個林老先生？」林琪揚聲問。

「林福全。」

此話一出，林琪和李月英雙雙變了臉。

「恐怕你弄錯了，我是姓林，但是我家沒有這個人。」林琪說著。

這時，裡面有兩個小朋友走出來，看著許亞人，可是李月英立刻叫他們進去。

等小朋友進去了，林琪才又開口：

「先生，你一定是弄錯了。請你回去吧……。」

「我，」許亞人猛吸口氣：「沒有弄錯。林福全老先生在醫院過世，現在停放在醫院地下室，我……。」

「你再亂說，我要把你轟出去！」林琪強悍的說。

許亞人不禁搖頭，這事真的棘手，沒想到有這樣的子女。

「許先生，你看看我家，破破爛爛，我先生很久沒有工作了，我們日子很難過的吶！」

「所以，你們連自己父親都不肯埋葬？」許亞人篤定地反問。

林琪夫婦怒瞪住許亞人，不發一語。

「這樣好不好？林老先生的後事，我來處理。」

哇哇哇……林琪夫婦一聽，雙雙睜大眼，看著許亞人，只聽許亞人接口說：

「至於林老先生遺留的東西，全歸我。」

林琪和李月英面面相覷，林琪反問道：

「他……我爸，有什麼遺留物品？」

「這你不用管。只要你說聲：『好』！我立刻來辦林老先生的後事。」

兩夫婦一時無法答應，躊躇了很久，還是無法做決定。

許亞人立起身，說：

「讓兩位多想想。明天我會再來，聽你們的答案。」

「等……等一下，許先生，可以留下你的電話嗎？」李月英問道。

許亞人留下手機號碼，從林家出來，他一面走，一面感慨萬分。

其實這現象一點都不稀奇，社會版不是常常刊登，許多關於兒子為了財產，不惜害死雙親的新聞嗎？

☢

一大早起床，許亞人先撥一通電話給醫院，說今天會去處理林福全的事情。

他才掛斷電話，手機就響了，是林琪夫婦，想跟他見面。

許亞人很快就到林家，林家這次很客氣，請他坐，還倒了杯水。

「你說，我爸到底留了什麼東西？」林琪開門見山地說。

許亞人呵呵笑了一陣，才說道：

「林先生，虧你都當了父親，講話這麼幼稚？」

林琪變了臉，可一想到……馬上低下頭，倒是李月英接口說：

「許先生，我們不能瞞你，我家實在是沒有錢辦後事，不是我們不願意，我去申請救濟補助，說我們不符合資格，我們也很無奈。」

「不必說這麼多，我只要聽一句，你們要處理？還是交給我處理？」

兩夫婦沉吟好一會，林琪說：

「我們想處理，可是沒錢。」

說來說去，都是為了錢，許亞人點頭，反問：

「你是真心的？不後悔？」

「當然。」林琪眼神閃爍。

到這地步，許亞人也不想打啞謎，他說：

「你爸遺留的東西，當然歸你；你爸的後事，當然也歸你處理啊。」

「問題是……」

許亞人不等林琪說完，他起身，說道：

「請帶我到林老先生的房間。」

雖然不解，林琪夫婦還是領著許亞人去。哇塞，林老先生的房間，是在屋後用鐵皮加蓋的，看來狹窄又雜亂極了，連床也是用木板拼湊起來，歪歪斜斜的。

「我爸……以前就喜歡撿垃圾，我沒辦法阻止……」林琪說。

許亞人沒有答話，擠近木板床，彎下去，好不容易，摸出一只木製的髒小盒子。

林琪夫婦雙睛睜得老大，一瞬也不瞬的看著，一副生怕好東西被別人搶了似的。

許亞人把小盒子交給林琪，林琪迫不及待的打開。

許亞人看也不看裡面。

「喂！等等！許先生。」

許亞人頭也不回地說：「到外面去談吧。」

林琪夫婦只得快步跟上，兩個小朋友躲在房裡偷看，許亞人看了一眼，逕自向前走。

林琪從小木盒裡，拿出一本銀行存摺，遞給許亞人看，許亞人沒有接，面無表情的說道：

「不要忘了你的承諾，趕快處理你父親的後事。」

「你先看看再說。」

林琪語氣有點激動地，連李月英都熱切的看著許亞人。許亞人只好拿起存摺本，翻開……。

裡面的數字，後面好長一串零，許亞人算著：個、拾、百、千……足足有上百萬，難怪林琪夫婦這麼激動。

許亞人面色冷然地遞回去：

「幹嘛讓我看？這都是你父親——林老先生苦心積攢下來的……。」

林琪哈了口長氣，說：

「我知道，想不到我爸存了這麼多錢。」

許亞人偏著頭，望著他——如此貪婪醜惡的嘴臉，這刻他真的很同情林福全。

「現在，最重大的問題是，」李月英瞪林琪一眼，怪他說話不乾脆：「這些錢要怎麼領？」

「對、對、對呀！」林琪接口，問：「我爸的提款卡呢？盒內沒有呀。」

「我想，爸大概也不會有提款卡吧。」李月英說，帶有含意的雙眼，直視著許亞人。

許亞人當然看得出來她的心思，心裡更不屑了。不過，他還是耐著性子：

「林福全先生說，印章放在他身上上衣，左邊內袋裡面。我走了！」

林琪和李月英雙雙又變臉，他們父親故去，這個陌生人，從哪知道父親的祕密？

踏出林家，許亞人雙眼潮潤——為了林福全。

☢

兩天後，許亞人接到一通電話，約他在某咖啡館見面。

他相當訝異，是誰？

對方還賣關子，說見了面，不就知道了？

見了面，他才知道，是醫院的護士小姐——陳淑嫻！

「抱歉，向你賣了個關子。不過我真的有很多問題想問你……。」

「我先請問妳，林老先生的後事，處理了沒？」

陳淑嫻用力點著頭，燦然笑了：

「我正是為了他的事而來。」

許亞人凝眼望她，聽她下文……。

原來，她無法解決林福全的事，林琪去處理，她從林琪口中，得知是許亞人從中解決。陳淑嫻除了好奇許亞人如何得知林福全的底細？又如何替他找到兒子？說服兒子處理他的後事？

還有，最重要的一點，是她詢問他，可願意跟她交往？

因為，她很佩服他！

兩人說話的時候，沒有注意到，落地窗外，有一縷飄忽的魂魄——林福全，含笑的看著他兩人！

第六章 魔羅羅

梁景紅臉帶憂傷，跟在王梅子後面，跨出診療室。

王梅子，梁景紅的媽媽，向來喜歡抽菸，最近常咳嗽，甚至咳出血來了，才到醫院檢查。

上個禮拜王梅子去照X光，醫師指著X光片上，肺腺幾顆白點，連著擴散到肺部，也出現數顆有大有小的白點。

然後醫師取樣，做了詳細的篩檢，今天來看報告。

剛剛，醫師宣布，王梅子得的是：肺腺癌！

這個結果，讓她母女非常錯愕。王梅子才五十多歲而已，梁景紅也不過是二十多歲，這麼年輕，叫人如何接受？

兩母女心情沉重地往電梯方向走，王梅子心事重重的低著眼，梁景紅則皺緊眉峰。

距電梯尚有十步之遙，面前的電梯忽然打開來。

儘管醫院裡面人來人往很熱鬧，可是電梯前沒有人等待，電梯內也是空無一人。

梁景紅不經意地望向電梯，原本無人的電梯裡，忽然出現……兩道影子，短短幾秒內，由無、而白、而灰、而濃……，最後，出現兩個人！

右邊這個人，穿著長相有點不同於一般人。

他戴著一頂黑色帽子，身穿黑西裝、黑長褲、黑皮鞋，臉色特別白，臉頰特別削瘦，薄唇抿得緊緊，眼光銳利的閃著碧綠色光芒，像貓眼！

左邊這位，就像一般人，他微胖，年約五十多，雙肩下垂，看來滿臉頹敗精神不濟樣，穿著病院的病患服。

因為心情非常低落，梁景紅沒有多加注意他倆，只是微覺有點怪異而已。

梁景紅走在前面，和王梅子踏入電梯時，梁景紅刻意閃過他兩人，穿黑衣的人，突然眼現異光，詫異地盯著梁景紅。

進入電梯後，梁景紅還是低著頭，無意中，她眼角餘光看到微胖的那人，手上戴著病患手環，名字是：「洪阿興。」

不一會，電梯到了一樓，梁景紅和王梅子踏出去，電梯闔上了，繼續下降到地下室。

拿著醫師開的單子，梁景紅到櫃檯去辦住院手續。因為，王梅子要開刀。

辦妥手續，梁景紅一看，明天入住醫院。

離開醫院後，王梅子舒了口長氣，勉強笑問：

「妳怎麼都不說話？心情不好？」

「唔，沒有……」

遇到病痛這種事，心情會好嗎——梁景紅很想這樣跟媽媽說。但卻又顧及到王梅子的心情，硬把話吞下去。

「明明就有，連搭個電梯都看得出來妳不太對勁。」

「喔？有嗎？」

「整個電梯那麼空曠，妳幹嘛偏偏靠邊站？」

梁景紅眨著眼，疑惑問道：

「哪是？電梯裡面站了兩個人，媽！妳沒看到呀？」

王梅子笑了——這次是真的感到好笑：

「奇怪？難道是我有問題呀？我沒看到有人哩。」

梁景紅皺起眉頭，還想開口，王梅子卻接口，說：

「妳這個傻瓜，開刀治療後，我應該就沒事了，妳沒聽剛剛醫師說的？早點發現早治療，存活率愈高，有什麼好擔心的呢？」

擔心也沒用，畢竟事情遇到了，就是要面對呀！

☢

手術室亮著燈，梁景紅和妹妹、梁父在手術室外等候。

時間已經過了三小時，三個人一點都不感到疲勞，只希冀王梅子手術順利。

梁景紅起身，走到飲水機旁，替自己倒了杯水，喝下一大口。

飲水機就在轉角處，可以看到這頭，也可以看到那一頭。

喝了水，梁景紅正想再按出水鈕，幫梁父倒一杯。

忽然，那一頭的走廊上，出現一群腳步匆促的人，這群人有護士、有家屬，他們急急推著病床，往這邊奔來。

梁景紅忘了按鈕，好奇地看著他們，病床經過梁景紅面前，她看到……躺在病床上的這個人，很眼熟！

他年約五十多，身軀微胖，緊閉著眼，臉色發紫，看來就是……很危急的病人！

梁景紅歪著頭，攏緊眉心……忽眼神一轉，梁景紅瞄到這個人手上手環名字是洪阿興。

噫！

呀！想起來了，是昨天在電梯裡遇到的那個人！

可是，他昨天看起來還好哩，怎麼今天就變這麼嚴重了？

梁景紅轉眸，不經意地尋找起來……。

沒有呢，沒看到另一位……身穿黑色衣服的人，他應該是家屬吧？

病床推過去了好一會，又看到一位婦女，腳步踉蹌，掩著雙眼，哭著經過。看到梁景紅，也不管認不認識，就哭泣出聲，說：

「他死了，我怎麼辦？怎麼辦啊？」

基於同情心吧，梁景紅安慰的說：

「不會啦！我昨天還看到他搭電梯呢。」

女人一怔，放下手，她雙眼紅腫的看著梁景紅：

「哪可能？我先生……他已經昏迷了三天了！」說完，她舊淚未乾，新淚又湧出來，接著繼續哭泣的向前走。

梁景紅滿臉疑惑，怔在原地。

不久，王梅子被推出手術室，梁父、梁妹、梁景紅擁上前，醫師說明了手術狀況順利，就離開了。

王梅子麻醉未退還沒清醒，三人商量過後，決定由梁父留下來陪妻子，梁景紅和妹妹先回家休息，明天來換班。

梁景紅和妹妹，走到電梯前，尚未按按鈕，電梯門緩緩開了……。

梁景紅忍不住，心裡一跳，提起戒心似的，直直盯望住電梯……。

她想：如果再遇到黑衣人，可就要仔細看清他。或者，可以問他，你爸爸病危，你怎沒來照顧他？

「啊！抱歉！」

身後突如其來的嬌脆聲音，讓梁景紅嚇一跳，她轉頭望去。是一位護士小姐，她胸口上掛著名牌：黃瑛瑛。

梁景紅點頭招呼：「黃小姐，妳好。」

這時，電梯門打開來，妹妹拉著梁景紅，梁景紅看向電梯內，裡面已有三個人，似乎是病患家屬的樣子，妹妹和梁景紅一塊踏進去，黃瑛瑛也走進來。

只聽黃瑛瑛說：

「很抱歉，這個電梯有點怪，有時沒有人，會自動打開；有時等了老半天，它就是慢吞吞。」

「是沒有維修嗎？」

「當然有，但維修都說沒問題。可問題又一大堆。」

兩人說話間，已到了一樓。

眾人魚貫走出電梯，梁景紅跟她點頭示意，跟妹妹回家了。

自從梁景紅常來醫院照顧王梅子後，就跟黃瑛瑛混得很熟，有空、或有什麼問題、需要，都會去找黃瑛瑛。

這天，王梅子睡著後，時間還早。梁景紅就跑去護理站，果然今天是黃瑛瑛值班。

兩人遂又聊開來。

梁景紅因為很擔心王梅子的病，都會向黃瑛瑛請教關於肺腺癌的治療狀況，還有回去後的調理、飲食，該注意些什麼……等等。

經過黃瑛瑛的解說，梁景紅放了不少心。

這是正常現象，人對於任何不了解的事情會感到害怕，如果了解了，知道該如何注意時，就比較安心了。

就在兩人聊得正好時，不遠處的電梯門，忽然打開來……。

兩人不約而同轉頭望去，卻所見不相同！

梁景紅又看到他——

身穿黑衣服、黑皮鞋的那個人，他的臉又白、又削瘦，眼如貓眼、閃出碧綠色光芒。

他身邊，站了一位老婆婆，老婆婆面容憔悴，白蒼蒼的頭髮，有些散亂，瘦巴巴的身體，搖搖欲墜，好像一陣風來，就會把她給吹倒了。

梁景紅正待收回眼，黑衣人的碧綠色眼芒一閃，轉向梁景紅，梁景紅被他眼光吸引了，竟不自覺的轉向他，就這樣，兩人互望著，久久……。

他碧綠色眼神中，閃現出濃濃的詫異，還有些許無法言喻的成分……梁景紅攏緊雙眉，一副不解的神情。

似乎過了很久後，電梯的門緩緩闔上，持續下降……。

梁景紅好奇的盯緊電梯，發現它是降到地下室去！

「唔，又是地下室嗎？」梁景紅低喃著。

「欸！欸！妳怎麼啦？」黃瑛瑛喊著。

梁景紅沒有反應，黃瑛瑛碰她手臂，她才驚醒過來。

「妳怎麼了？累了？還不快回去睡覺。很晚了！」說著，黃瑛瑛看一眼壁鐘。

梁景紅搖頭，急切問道：

「啊！剛才，妳看到了沒有？」

「看到什麼？」

「電梯……。」

黃瑛瑛忽然笑了，不在意地說：

「這個電梯常常這樣，每到一個時間——」黃瑛瑛說著，又看一眼壁鐘：「好像就是這個時間，會自動打開、自動關上、又自動下降。」

梁景紅愈聽，雙腮愈青白：

「為……為什麼會這樣？」

黃瑛瑛雙肩一聳，搖頭：「也不知道，反正，在這裡值班的同事，都見怪不怪囉。」

「那妳看到……看到裡面了……嗎……？」

「什麼裡面？」

「電梯裡面呀！一位長相、穿著都很奇怪的人，和一個老婆婆……。」

黃瑛瑛聞言，臉色忽然「刷！」地變白。

「有沒有啦？」

黃瑛瑛猛搖頭，一逕的搖頭，卻什麼話都不說。

「這倒奇怪，我明明看到……」

「不！我什麼都沒看到，真的，沒騙妳。電梯內，是空的！」

「那，地下室呢？地下室是什麼用途？」梁景紅又說：「我看有的醫院，地下室是餐廳呢。」

「那個！妳媽醒了沒有？還不快回去照顧她？」

黃瑛瑛沒回話，只是一逕的催促梁景紅回病房，梁景紅點點頭，走了。

早上，梁景紅下樓替媽媽買早餐，回來時，在走廊上，遠遠的，看到幾位護工，護工推著一張病床，病床上的病人，覆蓋著白布——。

兩位像病人家屬，跟隨著病床，還頻頻擦著淚水。

梁景紅看呆了，不覺停下腳步，呆呆看著他們……。

就在雙方快接近之際，梁景紅驀地發現那個……黑衣人！

黑衣人悠閒地站在病床邊，他碧綠色的眼睛，挑釁似的看梁景紅一眼，緊抿住的薄唇，忽然勾出一抹笑意。

梁景紅驚詫的雙眼，被黏住了似的，直勾勾看著黑衣人，只見他伸出手，掀開覆蓋住的白布……。

白布下，赫然是昨晚跟著黑衣人搭電梯下樓的老婆婆！

「咦！哪來的風，這麼強？」護工說著，騰出一隻手，把白布重新蓋上老婆婆的臉。

這群人搭著電梯，電梯緩緩關上門，緩緩下降……3樓、2樓、1樓、B1、B2……停了！

張大著嘴、雙眼忘了收回的梁景紅，瞪住電梯上的數字，B2——地下二樓，亮了許久……梁景紅還是無法平復自己的心。

回到病房，王梅子抱怨，說她買個早餐，怎麼去了那麼久？

梁景紅百感交集，卻說不出一句話。不過她發現，王梅子精神很差。

「媽！妳不舒服嗎？」

「嗯！還好。」王梅子虛弱的說。

已經是開刀後的第三天，王梅子的狀況，好像愈來愈不好。

「我看不太好，要不要我去找醫生來？」

王梅子搖頭，虛弱的呼口氣：

「剛剛醫生來查房過，妳找醫生幹嘛？」

梁景紅想想也對，找醫生來要說什麼？

王梅子的早餐，草草吃了一半就放下筷子，說她吃不下。梁景紅收拾完早餐殘餚，匆匆去找黃瑛瑛。

但，黃瑛瑛已下班了。

一整日，梁景紅都魂不守舍，黑衣人的影子，加上老婆婆……還有上一次，黑衣人跟那位叫洪阿興的老先生，到底是怎回事？

還有，別人都看不到黑衣人嗎？還是？

想到此，梁景紅撥個空，跑到護理站，跟別的護士小姐哈拉，順便詢問剛才的老婆婆，和洪阿興。

護士小姐態度很客氣，她說：

「抱歉，我是新來的，不太清楚。妳等我一下，我查查看。」

「哦，麻煩妳，不好意思。」

護士小姐翻翻桌上的日誌，一面看，一面說：

「嗯，老婆婆，姓王，啊！她在昨晚去世了。洪阿興……呃，他在三天前走了。」

梁景紅心中咯登一下，又問：

「請問，地下室二樓，是……？」

「啊！那是存放大體的樓層，方便病家、葬儀社從那裡運出醫院。妳問這些幹嘛？」

「啊！沒……沒事。」

失魂落魄的梁景紅，原想走，忽然又回頭：

「那請問你們醫院裡，有一位常穿著黑衣、黑褲的人嗎？」

接著，梁景紅仔細形容黑衣人的長相，護士小姐聽得掩口笑開來：

「哪會有這樣的人啊？小姐，妳說的好像是以前年代才有的穿著呀，妳會不會看錯了？」

梁景紅訕訕然地走了。

王梅子的病況，愈來愈不好。尤其是化療後，她更虛弱，吃不下、睡不好、精神差，整個人更是瘦了一大圈。

梁景紅看到母親這樣，心情非常低落。還有就是聽到那位護士小姐說的，黑衣人帶著的那兩個人，居然都走了！

還有，為什麼只有自己看得到黑衣人？其他人都看不到？難道，自己也快死了？

如果，自己死了，可以換回媽媽的健康，她是無所謂啦！

但是，親眼看到媽媽的身體，日益消瘦，她擔心得無以復加！

王梅子好不容易入睡了，梁景紅心事重重地轉到護理站，得知黃瑛瑛請了幾個小時的假，會晚點來，她意興闌珊地坐到走廊上等。

可能是太疲累了，她竟然打起盹……

忽然間，沒來由地颳起一陣寒風，梁景紅打個冷顫，瞇著眼，耶！電梯門開了，她以為是黃瑛瑛來值班了，忙起身，放眼望去。

嚇！是黑衣人！他身邊，竟然是王梅子！

梁景紅整個人，像被冷水潑到般，瞬間冰冷！

就在梁景紅呆愣間，電梯門緩緩闔上……

「不！等等我！等我！媽！媽！不要跟他去！」

放聲大喊著，梁景紅狂奔上前，離電梯門完全闔起只剩約五公分，她費了九牛二虎之力，硬是把門給扳開，整個人擠進去。

她對著黑衣人又罵又叫囂，對著王梅子大喊大叫，他兩人卻像不認識她似的，完全不理不睬。

梁景紅想拉王梅子，但伸出的手卻拉了個空，一旁的黑衣人咧開薄唇，嘿嘿冷笑起來……。

這當中，電梯下降到B2，門緩緩打開……梁景紅急忙猛按電梯關門鈕，又橫身在他倆面前，企圖阻擋他倆，卻沒有用！

王梅子跟著黑衣人，穿越過梁景紅，跨出去，梁景紅急忙跟出去，只見地下室前，排了一整列的病床，病床上是一具具覆蓋著白布的亡者屍體，王梅子順從黑衣人的指示，走向最右邊的病床，躺了上去……。

「不要！媽媽！不要啦！千萬不能離開我！媽媽！」

梁景紅的肩膀，忽然被用力搖晃起來。她哭著醒了過來，是黃瑛瑛！

「妳怎麼了？」

梁景紅顧不得了旁邊有其他人，緊拉住黃瑛瑛的臂膀，嚎啕哭了起來。

「做惡夢了？妳媽呢？不要緊吧？妳怎麼在這裡睡覺？」

放開黃瑛瑛，梁景紅慌忙去檢視電梯，還問問其他護士們，電梯可曾打開？可曾看到誰進出？

大家都說沒有，於是梁景紅飛奔去王梅子的病房，看到王梅子躺在床上，呼呼睡得安穩，她這才拍拍胸口，擦掉臉上淚水。

黃瑛瑛也進來，看了一眼。她頷首，又轉了出去。

「等一下！」梁景紅低聲叫。

「噓！」黃瑛瑛指指王梅子：「不要吵醒病人。」

「我有事，想請問妳。」

黃瑛瑛點著頭，伸手指指外面，梁景紅會意，跟在她後面跨出病房。

☢

聽完梁景紅的敘述，黃瑛瑛沉吟半晌。

「拜託妳，請妳務必告訴我，那個黑衣人究竟是誰？他在哪？」

「我說過了，醫院裡沒有這個人！」

「那為什麼，我會一直遇到他？他帶著的兩個人都去世了，現在他竟然帶著我媽媽，我不能、不能讓我媽媽跟他去……我拜託妳，算我求妳……。」

梁景紅聲淚俱下。

「那只是妳作夢好嗎？妳太擔心妳媽的病才會做惡夢。」

梁景紅搖著頭：

「這個夢也太清晰了，像真的，我當然擔心。」

「唉，每個人都無法看透生老病死，可是每個人又都不得不面對它。」

「求妳不要跟我說些有的沒的。我只想找出他。」

黃瑛瑛沉默不語。

「難道，要我散布謠言？」梁景紅口吻忽然轉為強硬。

黃瑛瑛錯愕地抬眼看她，反問：

「什麼謠言？」

「醫院裡有鬼，會拖病人去死。」

黃瑛瑛忽然笑了，笑她太幼稚。

「不要笑，我豁出去了。就告訴過妳，我看到他無數次了，妳也說過，電梯門每到一個固定時間，會無人自動打開、自動闔上、自動下降。我只要告訴記者，妳想，會有多少人跑來醫院？」

黃瑛瑛臉色微變，思索了老半天，才開口說：

「沒必要這樣搞吧。說實在話，我真的沒看到電梯裡有人。不過……。」

梁景紅盯住黃瑛瑛，等她下文。只見黃瑛瑛忽然抓來一張紙和一枝筆，遞給梁景紅，說：

「可以麻煩妳，把他的樣子畫下來嗎？」

聞言，梁景紅點頭，一面想一面勾勒下圖案，雖然畫得不太好，大抵是錯不了。

「這個人長相特異，很容易讓人記住。」梁景紅把圖片遞給黃瑛瑛。

黃瑛瑛看著圖片，點點頭。

這更讓梁景紅升起希望，只要能保護媽媽，她做什麼都願意啊！

「醫院裡曾有一位護士，她跟妳一樣看到過……他，她說他穿著黑衣服。」

梁景紅張著嘴，忙問道：

「她呢？這位護士在哪？」

「已經離開醫院了。」

「有這種事？」梁景紅不但聲音高揚，臉上也發光：「看！我就說嘛，我沒有騙人。快告訴我，這位護士小姐住址。」

「妳想怎樣？」

「我去找她。我一定要找到這個黑衣人！」

這樣好嗎？——黃瑛瑛不知道，不過，她倒很佩服梁景紅的魄力！

王梅子的病況愈來愈糟，身體也愈來愈虛弱，醫生看過後，沉重的告訴家屬，再觀察看看，不過要有心理準備。

梁景紅更急了，尤其是她曾夢見那個夢，更讓她心生疙瘩。

這一天，梁父在照顧王梅子，梁景紅拿著寫著地址的紙條，跑去找方佩吟。

見了面，梁景紅請她跟她私下談談。

梁景紅先說出在醫院的狀況，包括洪阿興和那個老婆婆的事。其次，再說出她夢見那個黑衣人，要帶她媽媽離開。

說到最後，梁景紅眼眶含著淚水，並說出是黃瑛瑛，指引她來找她。

方佩吟聽了，點點頭，她緩緩說道：

「是！我是看見過他……。」

梁景紅拿出她繪出的圖形，給方佩吟看，方佩吟臉色微變，一會，說：

「沒錯！我看到他，就是長這樣。」

接著，方佩吟說出……。

原來，她在醫院時，常看到別人看不到的事，她回家告訴她奶奶。她奶奶有深入研究宗教，了解一些祕聞。她奶奶告訴她，這個黑衣人，名喚魔羅羅。是死神之一。

各地區的死神，因應當地風俗習慣的不同，會有不同的名稱長相，但祂們的工作內容，大致上是一樣的。

不過，死神也有善良與邪惡之分。

傳說，如果能看到死神的人，表示腦波頻率跟祂們相近。但，畢竟活生生的人，不需要跟死神打交道，能避開就儘量避開祂們。

所以，奶奶堅持要方佩吟辭掉這家醫院的工作，另找工作。

「死神？那不就是專門抓將死的人？」梁景紅低聲說，又問：「那妳現在還是在醫院服務？會不會又遇到死神？」

方佩吟點頭、又搖頭：

「當然還在醫院，因為我讀的是護理學校。每家醫院狀況不同，並非都會遇到祂們。」

接著，梁景紅說出她的意願，想跟死神溝通，不要帶走她媽媽，問方佩吟能不能幫忙。

「恐怕我無能為力。」

梁景紅請方佩吟轉求她奶奶，方佩吟說：

「不是我不願意。妳想想，沒事誰會想跟死神打交道？況且，我奶奶上了年紀，萬一求祂不成，祂反把我奶奶帶走呢？」

梁景紅聽到此，無話可說了。

「不是我自私，這種事誰都無法違抗。我很抱歉，妳只能自己想辦法了。」

離開方家，梁景紅一顆心，跌到谷底。

☢

王梅子情況更糟了，她虛弱得喝不下水，一喝就吐。

護士替她打營養劑，醫生則私底下告訴梁父，只能盡人事聽天命。

梁景紅見狀，一直紅著眼眶，看著王梅子，王梅子緊閉著雙眼，臉頰削瘦得不成人形。

晚上，梁父要照顧王梅子，叫梁景紅回去休息。

梁景紅失了魂般，坐在護理站旁走廊上的椅子，思緒亂紛紛的。時間一分一秒的過去，夜，漸漸深了。

今天，黃瑛瑛沒有班，梁景紅無人可吐苦水，她沮喪的悶坐著。

這種煎熬真太累了，她不覺閉上眼。

忽然，一陣寒風颳來，她冷簌地打著寒顫。

「妳看得到我？對嗎？」耳中，忽傳來低沉的怪聲，這聲音像雙聲帶，也像高低兩部合音一起說話。

梁景紅微睜眼一看，嚇！是祂——魔羅羅。

她連忙捏捏自己臉頰……痛！不是作夢！

她驚跳起來，哪知魔羅羅身影飄忽，轉向電梯而去，梁景紅連忙追進電梯內。

護理站一名護士，抬頭看一眼電梯，她只看到梁景紅進去電梯，便又低下頭，繼續她的工作。

電梯一逕下降，這時的梁景紅，已什麼都不怕了。

魔羅羅很高，約有一百八十五公分，梁景紅抬高頭，掛著兩道淚水，急切地向祂說：

「我知道祢！祢是魔羅羅，是死神，我願意跟祢去——拜託祢，不要帶走我媽媽，求求祢。」

「嗯！不賴……不但看得到我……還知道我。」魔羅羅聲音恐怖極了。

「我願意跟祢走，請饒了我媽媽……」淚像瀑布衝出她雙眼。

「各人壽命不同……無人能代替……我只抓……我能抓的人……而已。」

「我向您下跪了！」梁景紅作勢欲跪。

魔羅羅指尖一揮，梁景紅無法跪下去，依舊站得筆直。

「看得到我也算是一種緣分……這樣吧……我暫時不抓王梅子……但是……妳必須

聽我的……替我辦事。」

梁景紅猛點頭，雙手合十：

「我願意！我願意！真的謝謝祢。我能知道，您要我做什麼嗎？」

「到時候……我會告訴妳……記住……妳不得反悔。」

「不！絕不會反悔！」心，宛如重生了！梁景紅整個人恢復了生氣。

「回去吧……去看看王梅子。」

話罷，魔羅羅由上往下，一截一截地消失殆盡，同時電梯門開了，梁景紅發現電梯門外，就是她媽媽病房的那層樓。

很奇妙，被醫生宣判死刑的王梅子，竟然在短短一夜間，迅速恢復，而且復原得相當快。

醫生都說這是奇蹟呀！

據梁景紅說，她本身真的有奇特能力，看得到那些東西。

之前，龍山寺對面，一家銀樓發生搶匪事件，打死了店家的二太太。之後梁景紅每經過時，都會看到那家銀樓內，一個面目猙獰、臉呈暗綠色的女鬼，瞪大一對鬼眼很不甘心的向外望。

至於，魔羅羅開出什麼條件，下回會讓梁景紅知道！

第七章　離魂

臺灣是個寶島，風光明媚，人情親切，物價低廉，美食天堂。

早就聽說過臺灣的種種好，因此山田森一旅遊了好幾趟，剛開始是跟團，後來他發現自由行可以更貼近臺灣的民情風俗，所以這一趟他單槍匹馬，到臺灣自由行。

當然，自由行有優點也有缺點，就看到你遇到的是什麼狀況。

山田森一遇到的，是很糟糕的事。

白天不知吃到什麼，到了晚上，他竟然上吐下瀉，狀況還蠻嚴重的。

其實，臺灣的衛生很不錯，山田森一是個案，也不知他是體質的關係，還是沾染到什麼細菌，總之他向旅社求助，旅社的服務人員，立即把他給送到醫院去掛急診。

他上吐下瀉得很厲害，整個人體力盡失，診療後，急診醫師說他需要住院觀察，便安排他住進單人病房。

經過初步治療，山田森一好多了，他吊著點滴還不忘看看周遭，覺得臺灣連醫院和病房都可列入一等了。

就算環境特級也罷，現在是治病要緊，山田森一調勻呼吸，平靜中逐漸沉入夢鄉。迷糊中，他忽感到……有一對眼眸注視著自己。

可能是醫護人員吧？他這樣想著，翻個身，不過若是醫護人員，應該開口詢問病人病況不是嗎？

但他很虛弱，自顧闔上雙眼，不知過了多久，他忽然身軀一動，有些醒轉，又翻個身，繼續睡。

嗯？他感到有被注視，而且目光還很強烈的樣子！

醫護人員有必要這樣注視著自己嗎？還不間斷，這服務未免太好了？

感覺愈來愈強烈，使他不禁睜開眼，唔？沒人？

病房內只有他一個人！

忽然感到口渴，他支起半個身子，伸手拿床邊小桌上的杯子，咕嚕嚕喝一大口——忽然想起，糟糕，會吐。

剛剛醫師比手畫腳，交代他不要喝水，這會兒萬一吐了該如何是好？

放下杯子，他看到床尾站了一位女孩子。

女孩子雙眸明亮的看著他，她應該就是護士小姐。山田森一張開口，伊伊唔唔，兼比手畫腳的指著自己喉嚨、水杯……。

女孩子咧著小嘴，笑了。

「唔唔，來究補？」山田森一說著日語。意思是：不要緊嗎？

女孩子只是笑著，搖頭。不知道她是什麼意思，不過，山田森一當做就是她的回答，那就是不要緊了？

他安下心，點著頭，還舉手道謝。不料，手臂上的點滴針頭歪了，痛得他齜牙咧嘴，哀哀叫了幾聲，女孩子露齒而笑。

山田森一靦腆的頷首道謝，躺下身子。忽然，他想到是不是該吃藥，連忙仰頭望去。

床尾空無人影！

山田森一轉望周遭，喝！就是沒半個人，房內只有他一個人，他咕噥著，說這護士小姐，走得也太快了吧？

還是繼續睡覺，於是他又躺平了。

☢

不知是什麼時候了，好像天色將近濛濛亮。

山田森一看一眼腕錶，唔，清晨三點多。

他又閉上眼，忽然耳際傳來極細聲響。雖然閉著眼，耳朵卻清楚聽到，好像是歌聲！是女子的細細歌聲。

誰？會在這種時候？這種地方唱歌啊？

不可思議！

「咭！」

好響，就像在山田森一耳旁，他嚇一跳，睜開眼。床尾一道身影。

他吃力的垂下眼望去，一樣是那位女孩，她圓睜雙眼，俏皮的回望著他。

「嗨！」森一舉手打招呼，這才發現自己手上的點滴針頭，已經拔掉。

他想，應該是上半夜，或者是剛剛，這位女護士幫他拔掉的吧？

不過，她技術也太好，自己居然毫無知覺。

「咭！」

女孩又俏皮的輕笑著。

森一也牽動嘴角，笑了。他說了一串日語，大概是感謝啦、稱讚啦、寒暄啦……等等。

女孩輕蹙眉峰，表情似是聽不懂森一的話。

森一頷首：「挖卡達！挖卡達！」意思是：我知道。

然後，又用日語說出：謝謝。

女孩笑了。

森一也很高興，乾脆坐起來，突然間，他表情凝住了！

因為這會他清楚看到，女孩子只有三分之二的軀幹——亦即說，他看到女孩的身軀，上身是正常的，但只到大腿部分。

她小腿部分，全然不見了！

森一整個人都呆掉了，他不知道這是什麼情況，思緒在他腦中飛快迴旋。

諸多設想、猜忌，總是要輸給眼前所見，畢竟眼見為實。

森一臉孔白一陣、紅一陣，五官也扭曲起來，接著他想到剛進醫院急診處時，看到那些護士小姐的穿著，跟前面這位小姐，大大不同。

但卻有些眼熟……再一細想……。

啊！呀！原來她身上穿的衣服，跟自己很相像。亦即說，她不是護士，跟自己一樣，是——病人！

還是一個失去雙腿的病人！

「卡哇伊受。」森一說著，指指她的腿。

意思是：她很可憐，沒有腿。

女孩是聽不懂他的話，不過，看他指著自巳的腿，她順勢低頭，看到……。

哇啊——。

明明沒有看到女孩張嘴，但是她聲聲慘嚎，像利刃割到玻璃，劃出極其難聽的割裂聲，這聲音，刮著森一的心。

他受不了，簡直快昏倒了。

緊接著，女孩雙手呈扭曲狀，擱在胸前，她仰起頭張大嘴，原本是漂亮白淨的臉，這時，變成猙獰、恐怖的黑臉。

然後，她整個人，在剎那間，宛如塵暴般，爆開、消失在空氣中。

過了好一會，森一才開始發抖，抖到連下巴都『喀喀喀』抖動不已。

但還好他還懂得自保。只見他翻身下床，逃命般奔出病房。

奔跑在長長的走廊，森一撞到了巡房的護士小姐，護士小姐也知道他這個急診病人，還以為他病情急速惡化，嚇得拉住他，以中文問：

「發生什麼事？你哪裡不舒服？」

「歐、歐逆，歐逆！」森一慌張的口語不清。

「什麼？你說什麼？」

森一指著身後病房，嘴裡不斷叫著：歐逆、歐逆。

護理站簡直被鬧翻了，值班護士找來會日語的翻譯，才知道日語「歐逆」是鬼的意思。

森一那副緊張樣，看得翻譯和幾位護士都掩口失笑。

護士小姐偷偷議論：

——語言不通，他怎知道是鬼？

——是啊，搞不好是誤會！

——一定是誤會，我們每天值班，有誰見到鬼？

——嘻嘻，只有他見鬼了。

不過，不管如何，森一就是不願意再待在那間單人病房。不得已，護士只好緊急替他換了一間病房，這事才暫時平息下來。

話說山田森一為何敢單獨自由行？因為他有親人住在臺灣，就是他姑姑。

突發的生病，他是不準備說的，只告訴在日本的妻子，行程延誤了。

妻子不放心一再追問，他只好輕描淡寫的說出住院的事，哪知妻子立刻打電話告訴姑姑。

所以，姑姑一大早就趕來醫院探視，大約也是不放心他。

一見面，森一就直喊著：「摳挖乙！摳挖乙！」日語意思是：害怕。

姑姑問他，什麼事害怕？森一細細說出昨晚所見。姑姑聽得雙眉都皺起來了：

「真的嗎？」

山田森一猛點頭，還形容得有模有樣。姑姑知道他不會說謊騙人。想了想，便問：

「那你什麼時候可以出院？」

「不知道。要問醫生。醫生說過，為了慎重，最好是完全康復再出院。」

「這樣呀？那我得想想辦法。」姑姑沉思。

「算了。我已經換過房間，沒關係。」

「不，你這樣我不放心。」

姑姑說著，慎重的想著有什麼方法。

日本大部分人很相信神鬼之論，尤其是百姓們相當虔誠，有事沒事都會到廟裡拜拜求籤，至少保個心安。

「啊！有了！」姑姑忽然叫著。

森一嚇了一跳，看著姑姑。只聽姑姑說：

「我現在馬上回去，我到廟裡求個護身符，待會就可以帶來給你。」

「這樣呀，太麻煩姑姑了，不好吧。」森一搔搔後腦。

原來只打算自由行，可以好好的玩玩，哪知……。

「沒關係，你不是還有好幾天的行程？有了護身符，你一路平安，大家都放心。」

「我說……真的不必。」
「你想讓葵真子埋怨我，說我沒有好好照顧你啊？」
葵真子是森一的妻子，其實她撥電話給姑姑，就是希望姑姑多照看森一。
森一這時有點怪葵真子，幹嘛沒事找事，給他惹麻煩。
「不行！你等等，我下午還會來。」
說完，姑姑起身就走。森一想阻止也沒辦法了。
護士來過兩趟，送藥給森一，還量了體溫、血壓、脈搏，一切正常。
此外，一整天都沒事。
森一喜歡畫畫，趁空檔他拿起畫筆，隨意塗鴉……忽然，一雙明亮眼眸浮上他腦際
……這個女鬼，也太漂亮了吧？
當然，除了她的小腿之外！
腦中憶想的神經，指揮著他的手，不知不覺間，他把女鬼漂亮的倩影，畫在畫紙上。
完稿後，他看看，竟然覺得還蠻滿意的。
就這樣，漂亮女鬼的畫，得以殺掉他一整個下午的時間。
晚上，姑姑送來一塊護身符，交代他一些注意事項後，姑姑才安心離開。

有歌聲傳來！

細細的……

山田森一微瞇著眼，看腕錶，半夜一點多。

房內靜悄悄的，只有走廊上不太亮的燈光，斜著洩了些許進房內來。此外，這間單人房間，除了安靜，還有著適度的昏暗。

這可是森一自己向護士小姐要求的，他怕吵，怕太亮的燈光，這樣會影響他的睡眠。

翻個身，森一閉上眼，繼續睡。

這時候，他的睡意沒有剛才的沉。迷糊間，那細細的歌聲，時有時無的傳來。

他也不理會，醫院病房算是開放空間，誰愛怎樣，誰管得了？

嘿！嘿！

歌聲，忽然愈來愈響，森一皺著眉，翻個身。同時，摀住雙耳，唔，好多了。

隨著睡意的濃烈，他迷糊地逐漸入睡。

不知過了多久，忽然，森一被歌聲給喚醒過來。

他這才發現，原來摀住耳朵的手，因為睡著而放開了，難怪……。

這時，原本細微的歌聲，竟然逐漸變大聲。

森一傾聽了一會，完全沒有腳步聲。但歌聲卻似乎愈來愈近。

他忍不住起身下床，走到房門口左右探頭，走廊上空無一人，闃寂的有些詭異。

但是，森一並無所覺。

此時，歌聲突然中斷了！

聳一下雙肩，森一走回來喝了口水，爬上床拉上棉被，閉上眼。

「咭！」

俏笑聲，宛如在耳際，森一猛吃一驚，用力掀開棉被，張眼左右看。

「什麼嘛。」低低抱怨著，他又拉上棉被。

「咭咭。」

又來了！

雖然聲音較遠，但森一確定，是俏笑聲！

咂一下嘴，他連忙伸手，從枕頭下摸出姑姑給的那一道護身符，緊緊握在手中。

他已經睡不著了，平躺著，全身戒備的瞪著大眼，心裡想：

——真糟，可以的話，明天趕快出院去吧！

正如是想，眼角餘光，發現有異狀！

森一轉頭，一縷黑影，貼在左邊的牆壁上——它像觸角般，慢慢向門，縮往外面而去！

微張著口，森一已經分辨不出，自己是害怕，還是生氣？

很想按下叫人鈴——，可是，護士來了，又怎樣？換房間？告訴她們有鬼？還是請她們陪著他？

恐怕會引來她們訕笑吧。

打消這念頭，森一忽然發現，距床尾不遠，也就是靠近牆壁處，站了一個人……不！不是人，是那個女鬼！

這一驚，森一心臟險些痲痺！

它雙眼依然明亮，閃閃發光的盯視著森一。

森一全身無法動彈，這刻，即使想按叫人鈴，也沒辦法了！

兩人對峙許久後，女鬼身軀直挺挺，緩然朝森一前進而來。

森一的心，整個縮皺成一團，揑著護身符的手，在顫抖。

女鬼忽然微咧嘴，發出輕笑：「咭！」

森一的魄力，在這剎那間，好像全都爆發出來了般，他揮舞著另一隻手，吼著：

「不要過來！不要……」

女鬼還是繼續靠向他而來，而且臉上還帶著微笑。

森一汗流浹背，眼看女鬼欲逼近面前，他無計可施之下，只能高舉手中護身符，筆直伸向女鬼。

終於，女鬼在他前面兩尺處，停住了。森一心口略鬆，想是護身符的法力。

女鬼低眼，好奇似的望著森一手中護身符，還露出研究的眼神，偏頭盯，歪頭看。

「走啦！走開！」

森一的手心和額頭的汗，涔涔如雨下……。

忽然，女鬼更迫近來，伸出蒼白、瘦弱極了的鬼手，撫摸著森一手中的護身符！

森一看得清楚，她的手蒼白得透明，可以透過森一的大手。而森一的感受是，被穿透的手，像注入一股可以切割人肉的、寒氣十足的冰刀！

觸覺，讓森一驚懼；也讓森一清醒，他驚駭的叫著：

「啊——」

他這聲吼叫，似乎嚇到女鬼，她倏地放開護身符，往後飄退，退近牆邊。

森一無措的只能乾瞪眼，他看見女鬼整個身軀緊貼在牆上，然後化成一縷黑影。

黑影沿著牆，往外滑移，移到門邊，再移出病房！

森一張大口，一面喘著大氣；一面運轉思緒。他這才想到：

——哇塞！護身符對女鬼，沒有用，竟然沒有用啊！

——那麼，剛才在左邊牆壁上的黑影，就是……它了！

——要命！它要是再來了，怎麼辦呀？

想到這裡，他眼睛四下游移，看著左右、前面的牆，又想到身後也是牆，要是，它從後面來，就……。

森一急忙忙，轉回身，看著蒼白的牆壁，他愈想愈驚恐，終於忍不住叫道：

「救命！救命！」

儘管語言不通，但他的大喊聲，還是引來護士小姐的關切。

☢

昨夜之事，護士小姐必須向主治醫師報告。

醫師詳細檢查山田森一的身體，還做了些測試，儘管檢查結果沒問題，醫師卻因為他昨晚的情形，而擔心會有什麼後遺症，所以建議他多留一天。

森一想到，雖然換了病房，女鬼還是找到他！當下，他搖頭不迭。

既然他堅持，醫生只好尊重病人意願。

森一辦出院手續前，打了一通電話給姑姑，畢竟姑姑在臺灣待久了，請她來比較方便。

不一會，姑姑果然趕來了。

「你有好些了嗎？怎麼看起來精神還是這麼差？」

「姑姑，昨天夜裡我又遇到女鬼，哇塞！女鬼竟然會來找我，太可怕了！」

接著，森一說出昨夜際遇，末了亮出護身符，說：

「女鬼不怕這個，真的！」

「不可能。我請廟裡法師加持過，不可能沒有效。」

「可是，女鬼還伸手，握住這個護身符！」

想到此，森一不自覺的，打了個哆嗦。

「嗯？不可能，除非她不是鬼！」姑姑撫摸著護身符說：「如果是髒東西或鬼物，它應該是有效！」

反正，這個問題，兩人談論的結果——無解。

接著，森一和姑姑一起去一樓的櫃檯。

姑姑在辦手續時，森一整個人都放輕鬆下來，他游目四顧，看到這家教學醫院人很多，看來生意不錯喔！

姑姑繳了錢拿到收據，忽然，森一緊緊靠近她，還拉住她的衣角。

「怎麼啦？」

山田森一張大口，滿臉恐懼神色，指著前面……姑姑往前望去，只看到人來人往，有如菜市場般的人潮。

「怎麼啦？要我看什麼？」

「歐、歐逆！」

姑姑噴笑道：

「唉唷！森一呀，你可不是小朋友了，現在是大白天，如果有鬼，應該也會在晚上出現吧？難怪醫生要你多留一天。」

森一氣歪了，自己是個大男人，哪能被這樣取笑？

可前面，那個坐在輪椅上的大眼睛女人，分明就是他夜裡看到的女鬼，如假包換！不過說真的，這時候，森一完全沒有害怕的感覺，畢竟現在是白天，又有這麼多人。

他連忙掏出自己畫的素描簿，翻開遞給姑姑看。

姑姑看到畫像，有些吃驚。然後，又經過森一的詳細說明，姑姑也感到奇怪，森一從沒見過這位臺灣女孩，怎麼可以畫得這般神似？

可是，森一說的話，又很怪異。

那個女孩明明是人，哪會是鬼？若是鬼，這時候就不可能變成人。

兩姑姪正議論間，女孩推動輪椅，朝森一姑姪倆而來。

山田森一害怕又非常不可思議：

住院連續兩夜，看到的女鬼，現在怎麼可能化成人？

而且女鬼的手，穿透自己的手時，冰刀似的寒顫感覺，依稀還留在手上；還有，女鬼還化成黑影，游移在牆上。

唉唷！想到這裡，恐懼感讓森一顫抖了一下，不自覺的躲入姑姑身後。

輪椅推近了，女孩靦腆點著頭，露出笑容，許是白天，她雙眸更明亮了。

「淑咪媽限，挖達估系挖：方宜君。」日語是說：抱歉，我是方宜君。

森一瞪大眼，無法置信的望著她，心想：

哇！這個女鬼，會講日語喔？

☢

這家咖啡屋，寬敞又明亮，氣氛更恬靜。

靠近落地窗的小圓桌，姑姑、山田森一、方宜君三個人分別落座一方。

香濃的咖啡味，飄散在空氣中，讓人不飲也醇。

「首先，請容許我向您道歉。」方宜君低著頭的說。

「不！不！不必客氣。」姑姑也點著頭回禮。

森一只好也點著頭，無言。

「這件事，必須從頭說起。」

接著，方宜君說出……。

那一天，已經晚了，她朦朧間，爬起身……。

其實，之前她就常常這樣睡不著，翻來覆去的時候，常會朦朧的起身。

她飄出病房，沿著走廊，向前游移。說游移，一點也沒錯，因為她發現自己不費吹灰之力，就可以四處遊動。

沒人看得見她，她卻可以看到任何人。只要她願意，還能看到別人上廁所、洗澡。她愛唱歌，她心想別人看不到她，一定也聽不到她的歌聲。所以離魂時，她逮到機會可以盡情的唱歌。

這一晚，她聽到前面很熱鬧，就往前飄去。看到很多人，有的在忙碌、有的在哀嚎、有的醫生忙碌得跑這床、跑那床……護士小姐更是忙得團團轉。

後來，她才知道，原來，這裡是急診處。

她四處游移探看，卻沒有人看得到她。

她覺得很新鮮，很好玩，忽然目光所及，看到門口進來一位清秀的人——就是山田森一，她看森一蒼白著臉，全身萎頓無力。

急診處主治醫師檢查後，說明了森一的病況。但森一始終都不說話，他旁邊一個女人，代替森一回話，這才知道原來他是日本人！

這個發現讓她感到驚喜。她曾到日本遊學過一段時間，學過日語，對森一不禁升起濃烈的好奇心。

護士小姐送森一進病房後，就離去了。躊躇許久，她終於決定進去看森一。

讓她想不到又驚詫的，是森一居然看得到她！

任何人都無法看到她，為什麼森一可看到她？她也百思不得其解。

於是，她開始跟他有了互動。哪知道，森一指著她的小腿，乍看到自己小腿不見了，她驚慌失措，竟然害森一以為她是鬼。

因為太過於驚嚇，她的神魂，就像釣魚的釣線，立刻被往回拉。因此她在自己病房內甦醒過來，這才意識到，她是在昨天上午，接受醫師治療她的小腿，但她忘記了這件事，才引發這個小意外。

第二天入夜，她又去找森一，他已換了病房，所以她四處尋找，但病房太多了，她利用吸附在牆壁傾聽的能力，終於找到了他，可惜他卻怕死她了——始終認定她就是鬼！

這讓她心裡很受傷，她明明就是人啊！

聽到這裡，姑姑猛點頭：

「就是，如果是鬼，一定會怕我求來的護身符。」她轉向森一，一臉得意地：「你看，我的話沒錯吧，就說這護身符很管用。」

「但我想不透的是，妳怎會離開妳自己的身體？」

方宜君垂下眼眸，幽幽的說：

「那是因為我的病。」

「妳，」姑姑不解的問：「什麼病啊？還沒聽過因為生病，魂魄會離開身體。」

「我也不知道，之前看過醫生，他說我是……什麼自律神經失序，據醫師說，這跟失調不太一樣。加上我的睡眠很差……。」

「怎麼差？」森一問。

方宜君語帶無奈地低聲說：

「白天我幾乎都在沉睡中。黃昏時，會半醒半睡。入夜後，我身體會很不舒服，一直輾轉翻覆不停，似睡不睡，然後就發生離魂現象。」

「醫生不知道嗎？」

「我跟醫生說過這現象，醫生說，一般自律神經失調的病人，都不至於這樣，他檢查過，說我的神經過度敏感，不同於自律神經失調。還有，我的腦波，也不同於一般正常人，我算是體質……特殊病患。」

「呃！把妳當作鬼，很抱歉，我向妳道歉。」森一說。

方宜君忙搖頭：

「不！不能怪您。我這次因為小腿有問題，住院治療，才有機會碰到您，我該向您道歉！」

真相大白之後，方宜君跟姑姑互留電話、地址、LINE。
不是遇到鬼，森一也放心地繼續他自由行的行程！

第八章 抓交替

陳仕良早跟醫院約好，做整套的健康檢查。通常這種檢查必須在醫院裡過夜。這家醫院，座落在中山北路，右側是屬於高級病房，說病房還不如說是套房，來得貼切。

套房有分單人、雙人，裡面設備簡直不輸給大飯店。

這一天，陳仕良一早到醫院報到，可以檢查的，都在專屬醫師的安排下，先做完成，有些無法當天做的，就留待次日。

做完一些檢驗後，已經是下午四點多，上了年紀的陳仕良也覺得累了，就在護士帶領下，入住套房。

陳仕良先沖澡，換了病服，他迫不及待的平躺在舒適的床上休息。

也許是真的太累了，陳仕良居然不知不覺的睡著了……。

迷糊中，陳仕良看到有一個人，從窗口跨進來，他長相普通。一進來，雙眼望住陳仕良，也不見他開口，陳仕良竟聽到他的問話：

——你什麼名字？

我什麼名字，跟你有關嗎？你又是誰？怎麼可以隨便進來我房間？

陳仕良不愧是公司的小主管，說話有氣勢。

——我叫做……你聽清楚了，我姓李，叫李春生。

李春生？你是什麼人物？啊？憑什麼叫我聽清楚？

陳仕良突然笑了：

——呵呵……

李春生的笑聲，低沉又詭譎，是那種聽起來，很令人不舒服的感覺。陳仕良皺起一雙花白的眉毛，很不高興說：

你也聽清楚了，馬上給我出去！這裡不是你該來的地方！懂嗎？

李春生冷哼幾聲，沒答話，遽然轉身，面向窗口，又輕快的一躍……躍上了窗框。

喂、喂！叫你出去，不是從那裡出去。從房門……。

陳仕良話說一半，李春生驀地回頭，在這剎那間，他整張臉變了——變成五官扭曲、臉呈黑紫色，嘴角歪斜，狀似異常憤恨般，咬牙切齒，眼睛，沒有瞳孔，只有黑黑的兩個深凹洞。

他這面容，說有多淒厲，就有多淒厲。陳仕良張著口，驚聲大吼，同時乍退一步，跌倒在床。

緊接著，李春生轉回頭，向著窗戶就往外跳下去！

「啊！啊！」

陳仕良明知抓不到他，依然伸長顫抖的手，想阻止他跳下去，而他的心，怦跳得厲害。

在驚叫聲中，陳仕良醒了過來！

他猛然仰起上半身，心、手、連同整個身軀，都狂烈的顫慄不已。

抓起一旁毛巾，他狂擦著臉上和身上的汗水。

擦乾後，他接著下床走近窗邊，檢視著窗口。這窗戶，關得可緊，可以說密不透風，蒼蠅都飛不進來，一個人又哪可能跳得下去呀？

他這樣想著，一面俯瞰窗外，這裡是八樓，景觀沒話說，很棒。

因為是向晚，遠方的大樓屋舍，像蒙了一層霧，朦朧又美麗。

「嗯？怎麼會做這麼無聊的夢呢？」陳仕良摸摸自己額頭：「太累了？不會吧。」

想想也是，他平常在公司處理業務，所花的精神，怕不比今天的檢查，多出幾倍？

「叮咚！」

突如其來的按鈴聲，使他嚇一大跳，原來是有人送晚餐來了！

☢

晚餐很豐盛，還有當季水果。休憩一小時後，護士小姐送來一張紙，是關於明天的檢查項目。

陳仕良瀏覽一遍，隨手放到床邊小几，然後他拿起手機，一連撥打幾通電話：向家裡報平安、向公司同仁問公事……說罷，放下手機，看一會電視新聞，九點多上床睡覺。

躺下一會，眼睛無意間看到黑忽忽的窗外，他又起身走到窗邊。往下望，夜裡的臺北市，霓虹燈閃爍，車燈來往穿梭，漂亮極了，真想多欣賞這美麗的夜景。可是想起黃昏的夢境，心裡有不自然之感，他拉上窗簾，躺上床，準備睡了。

當他正要進入睡夢中之際，一個低沉詭譎笑聲，清晰傳入陳仕良耳朵。

他睜開眼，瀏覽周遭。

這間套房，小而溫馨，室內燈光柔和溫煦，比他家裡房間更舒適，但這有點耳熟，又不該有的笑聲，哪來的？

——忘了我嗎？剛才見過面的呢！

陳仕良皺緊白眉，他向來不信怪力亂神，索性閉上眼。

——我必須告訴你一件事，很重要的事！

陳仕良緩緩睜開一條眼縫，周遭還是只有他一個人呀！

——你到底聽不聽？這麼重要的事，我只能跟你說，這個關係到你的生命跟未來！

腦中的這些話，太清晰了，難怪陳仕良認為真的有人跟他說話，他怒喝：

「誰！你出來！」

——我出來可以，你不害怕吧？

「當然！廢話少說，你出來！」

陳仕良侃侃說完，天花板上的燈光，乍然跳暗了幾次，接著，床尾現出一縷黑影，黑影漸漸變清晰，出現一個人，呃！這個人……。

「李春生！」陳仕良跳起來，滾落床下。

李春生，就跟陳仕良夢裡所見到的一樣，看似無害的普通長相，但是讓陳仕良緊張的，是夢裡的人，居然出現在他面前！

後來的夢裡，李春生不是變得很恐怖嗎？他是人？還是……？

陳仕良旋即站定身子，伸手拍一下自己臉頰，呃！會痛！

這表示，眼前這一切，不是夢！但陳仕良還是不肯相信！

一個在公司裡，發號施令的主管，怎會輕易相信——不存在的事物？

「呵呵……」李春生發出低沉又詭譎的笑聲：「還記得我，很好。」

陳仕良拿出主管的魄力，冷靜的說：

「你，有話快說，說完快滾！不要擾亂我睡眠。」

李春生僵硬的點頭，說：

「人生啊，沒有什麼好留戀的，我要勸你，提早結束你的生命吧！」

陳仕良錯愕的看著他，搖搖頭：「不，我才不要！」

「我警告你，你會像我這樣！」

說著，李春生整張臉變成暗紫色，看來相當淒厲。

陳仕良勉強保持鎮定，故意裝得毫不在意，冷冷看著他：

「話說完了？你可以滾了！」

「你不死，我沒辦法走。」

接著，李春生雙眼釋放出一股力道——足以迷惑人的力道。然後，他一再的述說著人生的諸多壓力、煩惱、困境、不如意……。

原本不信的陳仕良，受到他層層蠱惑，聽到後來深有同感，因為他述說的內容，其中有很多狀況，也是陳仕良曾經遇到過的。

「所以人活著，不如死了的好。」

「死嗎？該怎麼死？」陳仕良的表情和口吻，都現出了迷離狀。

李春生走到窗邊，指著窗口：

「打開它爬上去，跳下去。懂嗎？」

陳仕良點點頭，走向窗邊，但是，他仍殘存著最後一絲理智，他迷離的問：

「跳下去啊？」

「對！快點！快點打開窗戶。」李春生顯得急迫地說。

盯著窗戶，陳仕良看到玻璃窗的倒影，竟然只有他自己一個人，僅存的理智，讓他轉過頭去看李春生，嗯？李春生還站在原地！

陳仕良又轉頭再看玻璃窗，真的只有他自己，他立刻轉回頭，李春生還在！

他問李春生道：「跳下去，會怎樣？」

李春生笑笑，忽然掰開自己胸口……

嚇！陳仕良看到他胸口分向兩邊打開，露出裡面的內臟：肋骨、心、肺、支氣管……。

從沒看過人體器官的陳仕良，大吃一驚，整個人嚇醒了過來！

「啊！」聲音卡在喉嚨裡，陳仕良動作比聲音快，他奔向套房門口，經過李春生時，親眼看到他整個人，倏然爆裂在空氣中，然後消失了。

陳仕良有一位親戚的女兒，在這家醫院裡當助理，他特意去找她。

聽完陳仕良的敘述，她——陳明芳沉吟半晌。

「是不是那間套房，有問題？」

陳明芳一雙大眼看著陳仕良，陳仕良接口說：

「我可以要求換房間。這事跟妳不相關，我不會提到妳。再說，我健檢完，馬上就出院回去。」

陳明芳點著頭。

「那妳就跟我說呀，到底是不是那間套房有問題？是有人……死在裡面？」

「那個人長得怎樣？」陳明芳輕聲問。

「很普通。對了，他說他叫李春生。」

「李——春——生——。」陳明芳瞪圓雙眼。

陳仕良緊望著她，點頭。

支吾了一會，陳明芳告訴陳仕良。

原來，李春生是醫院的癌症患者，因深受癌症治療的痛苦，又加上自知來日不多。

一天早晨，他從病房出來，也不知道他是有意還是亂走。

竟然走到大樓右側，爬上頂樓，揚言要跳樓。

陳明芳記得很清楚，那一天早上，樓下右側聚集了許多看熱鬧的人們。

院方早就報警，獲報後，警察連同消防人員，有的在頂樓勸說李春生，消防人員則在一樓，架設救生氣墊。

雙方僵持了約兩個多鐘頭，李春生一面跟警察訴苦，一面趁他們不注意，刻意繞過救生氣墊，在眾目睽睽之下，由頂樓一躍而下，摔死在地上。

樓下的人們，一齊發出驚叫聲，那驚恐叫聲，陳明芳至今記憶猶深。

「由此看來，那個李春生死意甚堅。」陳仕良作出結語。

知道這件意外事件後，陳仕良在次日請求醫生，改天再來看報告。

同時，他也辦理出院手續。

☢

醫院右側的五樓，屬於自費病房，一般說來，通常都住兩位病患。

方淑娟因為腳踝嚴重扭到筋絡，必須住院幾天，健保給付的病房，住了三位病患。她嫌複雜，所以住進自費的五樓。

方淑娟的腳踝，被包紮得嚴實，足足是腳踝的兩倍大，頭幾天她無法下床，稍稍碰到腳，就痛得哀哀叫，連上廁所都要人幫忙。

第二天傍晚，方淑娟要照顧她的女兒回去休息，女兒不放心，方淑娟說：

「沒關係，我好多了。妳不能請太多天假，明天不是要上班？明天妳爸會來。」

女兒走了後，方淑娟躺著閉目休息，不覺間，睡著了。

這間病房住了兩位病患，方淑娟住靠窗這床。中間有一方布簾分隔兩床。

卻說，方淑娟睡到半夜，迷糊間，忽聽到有人喚：

——淑娟……方淑娟！

這聲音竟然拖著長長尾音，方淑娟四下張望，看不到聲音主人。

——淑娟……。

方淑娟忍不住問道：「誰？誰在叫我？」

——我……是我！

方淑娟還是找不到人。

——妳，往上看，看窗外，上面。

方淑娟聞言，真的扭轉頭，望向窗口外，上面……。

嚇！窗口外面，最右邊，倒吊著一個人，沒看到這個人的身體，它只露出頭部，只見它五官扭曲、臉呈黑紫色，嘴角歪斜，狀似異常憤恨般，咬牙切齒，眼睛，沒有瞳孔，只有黑黑的兩個深凹洞。

「哇啊——，鬼、鬼呀——！」

方淑娟從睡夢中，尖聲大喊地醒了過來。

她因為身體擺動，使腳筋疼痛不已，隨即又哀哀喊疼。

中間的布簾，被拉開來，是鄰床的王太太。她關心的問怎麼了，要不要她幫忙？

「呃！呵！」方淑娟忍住疼痛，勉強露出笑臉：「謝謝，不、不用。」

「怎麼了？痛的話，要叫護士來。」

「喔！不用啦，我……做惡夢了。」

王太太笑了，心想：都一把年紀了的人，還會做惡夢。

等王太太回到她床上，布簾放下來，在這不太寬敞的空間裡，方淑娟不禁想起方才的夢境。

她不覺的扭頭，視線轉望向窗口最右邊。

窗口外，黑忽忽的夜色，因為方才的恐怖夢境，看來格外陰鬱。

方淑娟餘悸猶存的張著口，心想：

——不好，應該請王太太幫忙，拉上窗簾。

這樣想著，又不好意思開口請王太太幫忙，方淑娟眨眨眼，只希望不要再看到夢中的倒吊著的人臉。

但心裡又害怕，萬一人臉真的出現在窗口上方了呢？

吞了口口水，方淑娟連忙轉回頭，把薄被拉上臉，她想掩住眼睛，不要看應該……沒事吧？

一夜，就在方淑娟戰戰兢兢中，過去了。

次日，方淑娟的先生來照料她，她的腳踝好多了，勉強可以獨自走動。

晚餐時，方淑娟的先生就離開了，鄰床王太太跟家人出去用餐，房內剩下方淑娟單獨用餐。

用餐到一半，忽然，方淑娟聽到……。

「叩叩叩。」

「誰？」方淑娟應聲，同時，轉頭看房門口。

房門口空無人影。

方淑娟繼續用餐。

「叩叩叩！」這次比較大聲。

方淑娟聽出，好像不是房門口傳來的。但是，她也聽不出來，到底是哪裡傳來的敲扣聲音。

——唉……這裡……這裡啦……。

方淑娟耳際傳來嘆息聲，她驀地豎起耳朵，睜大眼睛，全神戒備。

就在這時，又傳來叩叩聲，這次，她聽仔細了，是……旁邊的窗口！

方淑娟拿著筷子的手，輕微顫抖著，她想到這裡是五樓，窗外不可能有人、更不可能會有人敲窗子。

她不敢亂動，又不敢亂看，整個人像被定住了的木頭人。

沉寂了好一會。

叩叩聲響，配合著幽幽怪聲：

——這裡，我……我在這裡，妳、妳要跟我來啊！

方淑娟簡直快嚇癱了，雖然她心中很清楚，但是卻身不由己。或許，這幽幽怪聲有吸引人的魔力吧！

——看看我，妳會想跟我來、來、來……。

方淑娟身體僵硬著，只有脖子能動，彷彿有股無形的力量把她的頭轉向右邊的窗口。有一個人直挺挺地站在窗外，他胸部以下看不真切，只看到他的頸部以上。他長相普通，方淑娟竟然忘了害怕。

她跟他眼睛對望，然後也不見他開口，卻聽到他的話：

——我是李春生啦！我知道妳過得很痛苦，跟我來。

方淑娟沒有反應。或許說她的神智，逐漸被李春生拉了過去。

——我的世界很輕鬆，自由自在的飄飛，來、來啊！

方淑娟看到李春生緩慢的舉起手，向她招了招。

腳也不會痛嗎？方淑娟這樣想著。

李春生似乎聽到了她的心聲，忽然咧開嘴似乎在笑，看來卻詭異：

——當然！妳試試看……來！快來我這邊！

李春生的話，有無比魅力，方淑娟丟下筷子下床，走近窗邊，果然腳不痛了！

她整個人像木偶人，呆立著……不！是李春生一個指令，她就一個動作！

只見方淑娟，靠近窗，像傀儡般地打開窗——很奇怪，平常必須很費力才能打開的窗戶，這時居然很容易就打開了。

打開窗，她跟他更相近的面對面，李春生更欣喜的詭笑了。

然後，方淑娟爬上窗框，也不知道她是怎麼辦到的，夜風陣陣拂來，腳底下是黑暗的深淵。

——跳下來、下來啊！妳所有的痛苦，都將永遠不見！

嗯！沒錯！

方淑娟跨出一隻腳，探向窗外。

「啊——」突然，驚天動地一聲高喊。

方淑娟被驚醒過來，看到自己半個身子，吊在窗外。她身軀忽內忽外的搖晃起來，眼看就要掉下去。

一個人從病房門口奔進來，一把抱住方淑娟，把她給拉下來。

原來是鄰床的王太太剛巧回來，她先生動作奇快的救下方淑娟！

當方淑娟被救下來時，王太太看到黑忽忽的窗口外，有一張黑紫色五官扭曲、嘴角歪斜沒有眼睛，只有黑黑的兩個深凹洞的臉孔！

☢

醫院右側的四樓是一般病房，一間病房住有三個人。

莊松木的病床在中間，他剛進來。適巧的是兩旁的病人，相隔一天前後出院，所以這裡只剩下莊松木。

莊松木是一名工人，這次因為工作受傷才住院。他老家在南部，上來北部工作，就單身一個人在北部租屋。

他因為自身單獨在北部，所以很有同理心，對於比他弱小的人，他很願意伸出援手。

第一天夜裡，他傷勢較嚴重，加上麻藥的作用，人也不如平常的清醒。

就在他睡到一半時，忽然聽到身邊有聲音。

——呼嚕嚕……呼嚕嚕……。

聲音愈來愈響，讓他不得不轉頭望去。

嘿！靠近窗邊的床上，居然躺了個人？

莊松木雖然驚訝，但因為神智不是很清醒，他好奇的問：

「嘿！你誰呀？你什麼時候住進來的？」

「我叫李春生。」他虛弱的說：「嗯！昨天半夜……。」

「呃？」雖然有滿腹疑團，但半夜住進病人，原也不是不可能，況且有人相伴，比起只有他一個人，是好太多了！

再說昨晚莊松木麻藥未退，幾乎整晚都在昏睡狀態，根本不知道會有人住進來。

「李先生。」莊松木看他，是很普通的人。

「叫我春生。」李春生說，聲音還是很虛。

「春生，你什麼病？」

「唉……。」李春生唉嘆一長聲：「我得了癌症。」

照說，癌症患者的病房，並不在這裡，但是莊松木，一來不清楚病院病房的調配。二來，他是個粗人，心思沒那麼細膩。

基於同病相憐，他當下升起一股憐憫之心。

「唉唷！唉唉……。」李春生唉唉叫，惹得莊松木又轉望向他。

「你很不舒服嗎？要不要按鈴，請護士來？」

「呀……啊……不必，謝謝。」

莊松木不再說話，沉默了好一會，李春生又開口：

「你知道嗎？我這種病，很痛苦。」

莊松木不知道他的病況，當然不知道該如何接話，只是靜默著。

「天天疼痛不已，只靠止痛藥，止痛藥一退，唉唷！我還是痛啊！」李春生仰躺著，臉望天花板：「我想……不如去死了算了！」

「春生先生，你不要這樣想，現在醫學很發達，人家說：好死不如賴活。」

「騙人！那種話都是騙人！」李春生突然轉頭。

莊松木跟他對望時，發現他雙眼有一股陰晦之氣。緊接著，李春生的雙眼，愈來愈猙獰……愈來愈淒厲……。

莊松木很想轉開視線，不想繼續看他，可是雙眼就是不聽使喚，依舊望著他。

「你想不想死？死了後，身體不痛了！整個人變得很輕鬆！」

李春生的這聲音，竟然跟方才的聲音不一樣，莊松木打了個寒顫，才使自己雙眼，像掙脫了膠帶似的，能避開李春生。

不知道為什麼，忽然一陣疲累感升上來，莊松木遂轉頭，沉沉入睡。

李春生立刻幻化成猙獰鬼臉，原本躺著的他，由病床上冉冉升起，移向莊松木。詎料，尚未靠近莊松木，莊松木渾身，慢慢出現一圈淡淡的、微亮的白光，白光迫使李春生後退。

然後，白光竟然愈來愈強，李春生極力想繼續向前靠近，但是看來溫煦的白光，竟然讓李春生摔倒，剎那間，李春生倏然在空中消殞不見……。

☢

次日，莊松木被護士小姐喚醒，說櫃檯有他的電話。

莊松木小心的下床、走到護理站的櫃檯去，電話是他在南部的母親打來的。

「阿木！你怎樣了？」

「媽！妳別擔心啦。」

「哪能不擔心啊？昨天聽到你要開刀，我嚇死了。」

「一切順利啦。或許明後天就能出院了。」

「是這樣嗎？」

「我幹嘛騙妳。」

「我本想上北部去看你。」

「免啦!免啦。」

「跟你說，昨天我在家裡佛堂誦經，要迴向給你。」

「有啦!有啦!有收到了。」

「我還沒說完，你急什麼?」

「媽!電話費很貴的呢。」

「就聽我說完嘛。」

「好啦。」莊松木只好聽著。

「昨天，我誦經到一半時，忽然看到佛像旁邊，升起一線黑煙，很淡很淡。我嚇一跳，莫非這是什麼預兆?」

「嗯，後來呢?」

「後來，我誦經誦得更大聲，誦完一卷，就跟菩薩說，請祂保佑你一定要平安、開刀順利。」

「所以，我說我收到了。我的傷口復原得很快。」莊松木說道:「媽，謝謝妳。」

「傻孩子!說什麼謝呀?」

「媽!出院後，我會向老闆請假，回家一趟。」

「啊!可以嗎?太好了，回來前給我一通電話，我要準備許多好吃的，給你補補身子。」

母子倆，就在欣然的心境下，掛了電話。

回到病房內，莊松木看一眼鄰床，就躺到床上閉目養神。

中午午飯後，護士小姐來替他打一針，又給他一包藥袋。

莊松木乘機問道：

「小姐，請問，」莊松木指著靠窗的病床：「這位病人呢？」

「什麼？這間病房，只有你一人啊！」

「唔？我昨天，遇到一個病人耶！」

「哪可能？」護士小姐抿嘴笑了：「你昨天做夢了？」

「我沒有作夢，真的。」莊松木指手畫腳地，談起昨天跟鄰床病人的互動。

護士小姐聽得眉心都皺起來了，聽完，她望住莊松木，慎重的問道：

「你說，這個病人，什麼名字？」

「嗯……他說，姓李，叫李春生。」

護士小姐聽後，臉色微變，看一眼窗口，很快的收妥護理器材，出去了。

看得莊松木滿頭霧水。

他想，反正他明後天就出院了，鄰床有沒有其他病患，對他來說，並不重要呀！

晚上用過晚膳，莊松木看一會電視，就上床睡下了。

睡到一半，他感到被人給推醒了，睜眼一看，赫然看見李春生側躺在鄰床上，臉望向他。

「咦！你何時來的？」

李春生不說話，一直詭詭地看著他。

「我問過護士小姐，她說這床沒有人呀，你……。」

「沒有人？你不看到我在這裡了嘛？」

「就是呀，奇怪的護士小姐。」莊松木歪著頭。

「一點都不奇怪。」李春生詭詭的笑了：「我是不應該在這裡。你肯聽我的話，從這裡跳下去，我就可以離開了。」

沒聽過這邏輯，莊松木皺緊一雙濃眉，臉上是沉思的表情。

「唉！我看我得說清楚，你才會懂。」

莊松木點點頭，狀甚呆愕。

——我早已經死了！但是我必須找到替身，有了替身，我才能去超生。

李春生發出尖銳、吱吱喳喳的鬼聲，一般人聽不懂這些話，可是這會兒，莊松木卻聽明白它的語意。

——嗬嗬嗬！得了癌症，我不要每天那麼痛，不如一死百了，哪知道，現在呀，日日徘徊在此，日日重複跳樓的慘狀，我更痛苦，又不能去投胎。除非找到替身，今天，你成全我，當我的替身吧！

說完，李春生化成厲鬼，迅速撲過來，伸長一雙乾瘦鬼爪，就要抓莊松木！

莊松木駭極，臉變豬肝色，慌忙躲入棉被裡，嘴裡不由自主的喊著：

「媽——菩薩——救救我……。」

眼看就要抓到莊松木，忽然莊松木渾身散發出來一股白光，溫煦的白光，把李春生給彈出窗外去了……。

次日，莊松木什麼都沒說，很快去辦妥出院手續。

後來，他請假回南部，跟媽媽說起這一段，兩母子才知道，是家裡的菩薩救了他！

據說，那個李春生幽靈，到現在還在醫院右側大樓，徘徊游移著，要找替身……。

第九章 童魂

夜深了！

劉燕燕早跌入夢鄉裡。

——呵呵。

——妳，是誰？

——嘻嘻。

——妳叫什麼名字？快講呀！

——我，我叫阿雪，可他們都叫我夢雪。

——夢雪，很好聽喔！

——我問妳，妳叫什麼名字？

——嗯，我是芭瑟。

——呵呵，三八的八嗎？

——胡說！芭比娃娃的芭。妳真沒知識！

——好啦，不要生氣嘛，芭瑟。

——嗯。

——跟我來！我帶妳去一個地方，很好玩喔！

——哪裡呀？

——跟我來就對了。

——不行！我要跟我媽咪說一聲。

劉燕燕微瞇著眼，對面壁上時鐘，指著晚上十一點。

這麼晚了，哪來小孩子這麼吵？——劉燕燕這樣想著，翻了個身。

她想繼續睡，略睜著眼，咦？

她整個人，忽然彈跳起來！小小的病床上，怎麼是空的？

她急忙起身，壓低聲音，小喊著：

「芭瑟！小芭！小芭！妳在哪？」

因為病房內，有三床病人，她不敢吵到別人。

劉燕燕先望向廁所，沒有人。再轉頭，她看到病房門口地上，拖長了個小小身影，看得出來小身影還在比手畫腳。

劉燕燕連忙衝出去，果然小小身影就是芭瑟，她心愛的女兒。

「喔！我的天，小芭，妳在這幹嘛？」劉燕燕伸手，抱起芭瑟。

芭瑟掙扎著不讓抱，卻沒掙脫，她指著前面，前面是長長的一道走廊，因為夜深了，走廊上燈光不很亮，有點暗晦。望過去，像一道幽深的狹窄通道。

劉燕燕看了一眼，沒來由的全身起了雞皮疙瘩。

她轉身，急忙想進入房內，可芭瑟踢著腳，不讓她走。

「妳幹嘛？」

芭瑟指著走廊那一頭：

「妳沒看到嗎？她在那裡啊！」

劉燕燕迅速的瞧一眼走廊，收回視線，搖頭：

「誰？我沒看到，妳不要亂說。」

「我沒有，我沒有，她要帶我去玩。」

劉燕燕不管她，逕自回病房內，把芭瑟安頓在床上，芭瑟不依，竟掉下淚來了。

「妳要玩，可以。等明天早上再讓妳玩，OK？」

芭瑟皺眉，繼續哭，鄰床的人都被吵醒，照顧小孩的大人們，翻動著身體。

劉燕燕指指鄰床：

「噓！妳吵到姐姐，不好喔！明天再玩。明天媽媽買妳喜歡吃的東西給妳，OK？」

芭瑟漸漸安靜下來，劉燕燕輕拍她背，不斷哄她，她才慢慢入睡了。

劉燕燕吐口長氣，想到這些日子，真的是心力交瘁！

半個月前，芭瑟發燒，看了醫生拿些感冒藥，不到一天她又發燒，再去看醫生。這樣反反覆覆了一個禮拜，最後醫生告訴她，必須帶去大醫院檢查。

劉燕燕輕輕撫著芭瑟額頭和髮際，慈愛的看著女兒。

她衷心希望，女兒沒事！

——呵呵。

劉燕燕扭頭，望向病房門口，有一縷極淡的影子，大約只有半個成人高左右。如果沒注意，肯定會疏忽掉。

因為極力在看淡影子，劉燕燕專注的看呆了。

——嘻嘻！

忽然，又傳來細嫩的笑聲。同時，劉燕燕看到淡影的波動。

呃！果真，看仔細了可以看出那真的很像個小孩的身高。

劉燕燕倒吸口冷氣，從沒遇到過這種事，她不知道該怎麼辦。

次日一大早，劉燕燕被人吵醒，原來是芭瑟的美籍父親——約翰，他在臺灣當美語老師。

「昨天睡得好嗎？」約翰問。

「嗯……很好。」劉燕燕不想說出昨天芭瑟的事情。

「今天呢？」約翰又問。

「要做檢查，什麼項目我不清楚，等會才知道。」

「這樣，我去上班了。」

看女兒睡得那麼沉，他不忍心吵醒她，在她額頭上輕親了一下，走了。

不久，醫護人員來通知，要芭瑟去做檢查，芭瑟卻頻問：

「媽媽，妳說要帶我去玩。」

「行，看完醫生，媽媽就帶妳去玩，妳要乖乖聽話才行。」

芭瑟只得依劉燕燕，做完些檢查項目。回到病房，芭瑟又開始吵了。

想到剛才，芭瑟忍住淚水，伸出纖瘦小手臂，讓醫護人員抽血，劉燕燕心都疼了。

不得已，她只好帶著女兒，到醫院內部的中庭去。

中庭是個小花園，兩邊都是直插入天際的高樓，一邊是醫療大樓，另一邊是住院大樓。

「媽媽，妳說，小朋友都是好人吧？」

「當然，小芭瑟也是好人啊！」

「那，她呢？」

劉燕燕扭頭，不解的看著芭瑟：「誰？」

「如果她是好人，芭瑟就跟她玩。如果媽媽說她是壞人，芭瑟就不理她。」

劉燕燕心口透涼，許是上午的關係，這裡有點陰涼。

「媽媽！妳說呀！她是好人嗎？」

「這個……媽媽要先看過她，要知道她家有什麼人，她爸爸是幹什麼的。」

「唉唷！怎麼那麼麻煩？」

「所以，妳不要亂交朋友啊。」

「可是，她一直來找我玩。」

雖然是童言童語，劉燕燕卻不能不應付：

「告訴我，她住在哪？她什麼名字？」

「她是阿雪，大家都叫她夢雪。好聽吧？」

劉燕燕輕蹙眉心，不發一語。

「媽！妳看！妳快看！」芭瑟忽然搖晃著劉燕燕的手，指著住院大樓樓頂。

劉燕燕循她手指往上望，除了一整排緊閉的窗戶外，什麼都看不到。

「她在那裡！媽！快看！阿雪，她在那裡！」

「好啦！我們要進去了。」劉燕燕收起芭瑟小指頭，拉著她轉進去。

搭著電梯，到達芭瑟住的病房樓層，經過護理站，走在長長的走廊上，芭瑟忽然跳著腳，一副很高興狀：

「啊！媽媽！妳看，她在前面！」

劉燕燕看著前面，分明是空無半個人的長廊，被芭瑟這一說，真的讓人心裡很毛。

「妳喜歡跟小朋友玩，對不對？來！去跟姐姐玩。」

劉燕燕說的，是指芭瑟鄰床的小朋友。她連拖帶拉的把芭瑟拉進病房內，跟鄰床的人搭訕，企圖引導芭瑟跟他們談話。她，只能這樣。

☢

——妳幹嘛都不跟我玩啦？

——阿雪，我問妳，妳是不是好人？

——當然。妳看，我如果不是好人，他會跟我玩在一塊嗎？

——誰？

——達生！

——達生？他在哪？

——來，跟我來！

芭瑟跟著前面那道淡影，往前走。

白天有點陰晦的走廊上，這時顯得更暗。

走到一半，芭瑟停住腳，轉頭向一旁：

——還沒到？

——快了！喏！

前面不遠處，轉角是樓梯，因為大家都搭電梯，這裡少有人經過，尤其是這時，更陰暗，芭瑟旁邊淡影又往前挪，才頓住！

——到底在哪裡？

——達生！達生！

果不其然，芭瑟看到一個髒兮兮的小男孩，蹲坐在轉角樓梯臺階上，一副無精打采狀。

——怎麼啦？你？

——我，待會就到了……

——到哪？

——妳忘記啦？又到了我難過的時間了。

——啊！我想起來了。

芭瑟不解的問阿雪，阿雪告訴芭瑟。之前，達生跟她說過，每到固定時間，他都會很難過，難過一陣子後，他又好了。

芭瑟問，是怎樣的難過？

達生沉著小臉，不肯說，阿雪替他說：

——就是，他的胸前、大腿、屁股，會燒痛，還有，手、腳上的指甲被拉掉，那更是痛得不得了。

芭瑟皺起眉心，無法想像他的痛，達生看著她，突然說：

——妳想不想知道，這是什麼痛？跟我們來，好不好？

芭瑟嘟起嘴：

——我得問過我媽，她說可以，我才能跟你們去。

——妳幾歲了？阿雪問。

——嗯，七歲。阿雪，妳呢？

——呵呵……我呀，我八歲，達生他六歲。

一旁的達生，猛點頭，接口：

——雪，正好，我們就缺一個七歲的。

——咦！真的耶，剛好，好極了！

就在這時候，突然間，走廊那頭，傳來一陣轟天雷似的狂喊聲。

「啊——」是劉燕燕。

芭瑟嚇一跳，轉回頭看一眼，又扭回頭。倏忽間，阿雪和達生都消失不見了。

後面傳來一陣急促腳步聲，接著，芭瑟被劉燕燕緊緊抱住，回頭就跑。

劉燕燕氣急敗壞的問：

「妳說，妳去那裡幹嘛？啊！」

芭瑟搖頭：

「沒幹什麼，就說話呀！」

「跟誰？說什麼話？」

「阿雪還有達生，我們沒說什麼。就跟你們大人一樣，說話聊天。」

「不准！不准！不准跟它們說話！知不知道？」

「唔？為什麼？」

「它們不是人！」劉燕燕勉強壓低聲音，就怕吵到人。

跨入病房內，壁上鐘指著半夜十一點。

「啊？什麼叫做不是人？」

「它們，跟妳跟我們，是不一樣的人！」劉燕燕說。

「哦？哪裡不一樣？那它們是什麼？」

劉燕燕差點舉白旗投降！

「總之，以後不准跟它們在一起，聽到沒有？」劉燕燕愈說愈大聲。

鄰床的人，開始翻動身軀，這表示，他們被吵到了。劉燕燕看一眼鄰床，硬把芭瑟塞到床上，蓋上棉被，芭瑟還要開口，劉燕燕嚴峻的阻住她的話，只鐵青著臉，說：

「我這是最後一次警告妳，不、准、跟、它、們、在、一、起。」

「為……為……為什麼？」

芭瑟翹起小嘴，都快哭出來了。她不懂，阿雪、達生又沒怎樣，也沒罵人打人，為何媽媽要這樣？

☢

這一天，約翰下課後，到醫院來探望，並詢問芭瑟的狀況。

劉燕燕憂心忡忡地告訴他，關於芭瑟和什麼阿雪達生的事情。

約翰聽了，不以為意：

「哈！不過就是小朋友的玩笑吧，不必緊張。」

「唉唷，你不知道這嚴重性嗎？它們纏上了芭瑟，是很可怕的事，好不好。」

「妳聽我說，通常小孩子喜歡找小朋友玩，我們芭瑟是獨生女，她沒玩伴。所以，她會自己編故事，有什麼朋友啦、談些什麼事啦。等她長大了，有了新朋友，就會忘記那些事了。」

「不！那不是芭瑟編的故事，那是……。」劉燕燕心急地說。

約翰抬起手，打斷她的話：

「妳聽我說，現在目前最重要的是什麼？是芭瑟的身體。我們先檢查她的身體，看是哪裡出問題。」

約翰說得對，劉燕燕靜默下來，等他下文，只聽他接著說：

「有問題，就配合醫生的治療；如果沒問題，我們就出院回家了，就這麼簡單，還有問題嗎？」

劉燕燕點點頭，無話可說了。同時她也知道，約翰向來不信怪力亂神之說，跟他說這些是行不通的。

「檢查結果呢？醫生怎麼說？」

「還不清楚。有些報告出來了，有些還得等化驗後才知道。」

「嗯，還要等幾天？」

「我看這樣，好不好。」劉燕燕忽想到個主意：「不如明天一早，我們先辦出院手續。改天再來看報告。」

「舟車勞頓，妳這樣會太累喔。」

「不會！」

「她呢？」

「還好吧，我帶她搭計程車，哪會累呀？」

說著，約翰轉望正跟鄰床玩耍的芭瑟，小孩子較脆弱，他是擔心芭瑟。

約翰點點頭：

「好吧，明早跟醫生談談，可以的話，就照妳的意思囉。」

劉燕燕欣然的點頭，她由衷認為，趁早離開醫院，回到安全的家，才是上上策。

次日，跟主治醫師談過後，醫師原本不同意，但拗不過劉燕燕堅持，只好答應。

就這樣，劉燕燕和約翰帶著芭瑟，回家去了。

回家，最高興的是劉燕燕，她心想這一來，就沒事了吧。

芭瑟卻很不開心，她整天窩在自己房內，叫她吃飯，她說吃不下；叫她睡覺，她說睡不著。反正，叫她做什麼，她都板著小臉。

最後，約翰找她談話，問她為何不開心？她說沒有朋友可以跟她玩。

「那這樣吧，讓妳朋友來家裡跟妳玩，ＯＫ？」

「可以嗎?真的可以嗎?」

約翰用力點頭,芭瑟跳躍起來,大喊:

「YA!爹地萬歲!」

看到女兒這麼開心,約翰樂歪了,劉燕燕看到父女倆這麼快樂,她更高興了。

雖然,她並不知道約翰跟芭瑟談話的內容!

☢

到醫院回診,醫生說以目前的報告看來一切正常,看不出有什麼問題。不過,血液裡的白血球,有點偏高。

萬一有什麼狀況,最好趕快回醫院。

劉燕燕馬上撥約翰的手機,告訴他回診的結果,約翰開心的說:

「太好了!等我下班,晚上我們一起去吃飯?」

劉燕燕帶著芭瑟回到家,劉燕燕去睡午覺,芭瑟獨自在房內玩耍。

等劉燕燕午睡醒來,已經下午五點多了。

她叫了幾聲,芭瑟都沒回應。

於是她起床,走向芭瑟的房間。才走到一半,驀地傳來一連串的笑聲、低聲談話聲。

大部分都是芭瑟的聲音,可是其他的聲音,卻無法聽清楚。

抬手準備敲門的劉燕燕，忽然放下手來，她想……偷窺！

自己的女兒，不算偷窺，這算是關心！

這樣想著，劉燕燕心裡舒坦了許多，約翰的教養方式，向來是美式的，就把小孩當成人看待。

如果約翰知道劉燕燕這樣的行為，恐怕他會反對！

但，劉燕燕的理由是，唯有這樣才能知道真相！

劉燕燕悄悄打開一道門縫，湊近眼睛，望去。

芭瑟的小床，靠近牆邊，地上鋪了一張地毯，芭瑟坐在地毯上，面前擺了四份玩具，芭瑟側臉對著門，她笑得正開心，一手指著她正前方：

「呵呵，阿雪，這樣一來，我們湊齊了！」

——可不是嗎，我八歲、妳七歲、達生六歲，小安五歲，呵呵呵。

劉燕燕皺起眉頭，芭瑟從來不會發出這樣的笑聲。『呵呵』，她跟誰學的？

她仔細看著芭瑟面前……。

這時，近六點了，房裡光線暗幽幽地，無法看真切。

只見芭瑟拿起面前塑膠杯，作狀仰頭喝乾，放下杯子，雙手叉腰：

「用完餐點了，現在呢？要幹嘛？」

芭瑟眼望前面、又望左右，不斷點頭。接著，她立起身，就在這時，劉燕燕看到了！

暗幽幽的房裡，多了三道淡黑小人影，跟著芭瑟站起來，劉燕燕忍不住發出低吟聲。

它們似乎在教導芭瑟什麼事，芭瑟點頭，一面走向窗口。

就在這時，三道淡黑小人影，顏色逐漸轉深，這讓劉燕燕看得更清晰，是三個小孩童！

它們不約而同，轉望向劉燕燕。

一個女的、兩個男孩，女的面黃肌瘦，眼眶睜突的特大，幾乎占了整張臉，雙眼白的中央只有一顆小小黑眼瞳，看起來格外嚇人。

大一些的男孩，身上全都是傷痕，包括四肢、頭頂，插滿了密密的菸蒂、穢物、大頭針。

小一點的男孩，頸脖細得幾乎快斷了，脖子上掛著一條繩子，繩子直透上空。

劉燕燕驚懼交加，嘴唇抖簌不停，她驚駭地低喃：

「不、不是……已、已經、離、離開醫院了，怎、怎麼來了……。」

就在劉燕燕呆愣之際，耳中聽到芭瑟的掙扎聲。

她循聲望去，整個心，差點停止跳動！

芭瑟站在窗口邊，把窗簾的繩子，套上自己頸脖，繩子收緊，她痛苦的發出掙扎聲音。

眼看再過個幾分，不！幾秒，芭瑟可能就……。

顧不得害怕，顧不得那幾個小鬼，劉燕燕撞開門衝了進去，替芭瑟拉開繩子，一把抱住她，轉身跑出來……。

☢

絮絮述說，說到後來，劉燕燕都快哭了。

約翰始終很冷靜，一下看她一會看芭瑟，眼中盡是懷疑神色。

等劉燕燕略停頓，約翰才開口：

「妳說，醫院裡的怨靈，呃！不，鬼小孩，被帶進家裡來？」

劉燕燕擦擦眼角的淚水，點頭。約翰轉向芭瑟：

「妳說呢？」

「媽媽壞，爹地說可以讓我的朋友來家裡玩，對不對？」

約翰無言了，他確實說過這樣的話。

「可是，爹地沒說要讓鬼朋友來……。」劉燕燕大聲說。

「它們不是鬼，它們很可憐。」

劉燕燕張大嘴，正想喝斥，約翰接口說：

「怎麼說呢？」

「阿雪生了很久很久的病才死掉。達生被他爸爸和叔叔，用菸蒂燙傷身體。爹地，你沒看到，他傷口好多，手上指甲也被拉掉了。」

約翰撇著嘴，點點頭。

「最可憐的是，他每次到了一定時間，都會樣樣痛一次。他說，他都痛得受不了，一直滾一直滾。」

劉燕燕猛吸口長氣，大聲問：

「還有一個呢？」

「小安呀？他被窗簾緊絞住脖子，不能呼吸呀！」

「所以，他叫妳去窗口，絞自己脖子？啊？」

芭瑟無言地低下頭，約翰有點不耐煩了：

「夠了，吃頓飯，談這些，胃口都沒了。」

「你還吃得下？」

「不然呢，妳說，該怎麼辦？」

一句話，堵死劉燕燕的嘴，她也不知道該怎麼辦。

一頓飯，吃得不歡而散。

回家後，劉燕燕堅持要讓芭瑟跟兩夫婦同房，她不放心芭瑟單獨一個人睡。

約翰很不高興，說女兒都這麼大了，哪還跟爸媽睡同一間房？

整個晚上，劉燕燕都睡不著，一會擔心芭瑟，一會又想該怎麼辦這件事好，一會又埋怨約翰不信這些東西。

她明明已看出了女兒身陷危險，他還是一副無關緊要的樣子。這會，她倒有點恨起自己，幹嘛跟外國人結婚啊！

總之，接下來幾天的日子，她過得膽顫心驚，時時刻刻都要把女兒緊緊拉在身邊。可是，芭瑟已經七歲了，她也有自己的意見想法，當然，她是無法違抗劉燕燕的，因此，她也鬱鬱不樂。

有時，劉燕燕太累，睡死了。一醒過來，好幾次，有時是白天，也有在半夜時，發現芭瑟單獨溜進她的小房間，在裡面玩耍。

這更讓劉燕燕心裡不安。

至於約翰，更無法認同劉燕燕，說她太過於神經質了，不過就是小朋友的遊戲而已。

有一天，約翰建議劉燕燕，不如讓芭瑟去上學，她已經可以入學了。

☢

劉燕燕才準備替芭瑟辦理入學之際，芭瑟竟然無預警的發高燒，而且高燒不退。

帶去家附近小診所看醫生，吃了藥，不見好轉，猶豫再三，劉燕燕不得不帶芭瑟去之前的大醫院。

主治醫師除了幫她退燒，又做血液篩檢，各式檢查。

這一來，芭瑟又要住院了！

劉燕燕縱使心裡有諸多不願，但又無可奈何。

總不能擱著，不讓女兒去看醫生治病啊！

人生，不總有許多無奈嗎？

這次，芭瑟住的是三人房，但兩床都空著，只住了她一人，劉燕燕幾乎寸步不離的照護著女兒。

住院的第三天，芭瑟燒退了，精神好多。只是，檢查結果還沒出爐。

劉燕燕稍稍鬆口氣，這一夜，她睡得特別甜。

睡到一半，她讓陣陣怪聲吵醒。

「嘰嘰啾啾……吱吱喳喳……呵呵呵，呼呼呼……。」

「哈哈，太好了。」芭瑟坐在床上拍手，臉是望向鄰床：「可以連起來了，五、六、七、八，都齊了。」

眼望著芭瑟，劉燕燕耳中依稀聽到兩邊，逐漸消隱了的孩童笑聲。她全身有如跌入冰窖中，又冷又駭！

劉燕燕抱一下芭瑟，柔聲道：

「妳朋友又來了？」

芭瑟微露驚懼的看媽媽，點頭。

「那，都是誰來了？」劉燕燕問著，心卻是陣陣抽痛。

「阿雪呀，還有達生、小安。」

「妳……可以告訴它們？」芭瑟露出不解眼神，劉燕燕接口說：「把媽媽的話，轉告給它們聽，可以嗎？」

芭瑟臉現淡笑，點頭。媽媽認同她的朋友，真的讓她很高興。

「妳跟它們說，沒有爸媽的小孩很可憐。請它們放過妳，不要讓妳……離開爸媽。」一面說，劉燕燕一面落下兩行淚珠。

「可……可是，它們說……」

「不要管它們說什麼，現在是請妳把媽媽的話，告訴它們，可以嗎？」

芭瑟點頭，無邪的大眼，露出晶亮光芒。劉燕燕讓她躺平，替她蓋上被子，然後自己坐在病床邊，淚如瀑泉，一發不可收拾。

過了幾天，醫生沉重的向劉燕燕說，檢查結果，芭瑟罹患的是：血癌！

晴天霹靂的消息，使劉燕燕和約翰無法置信。

劉燕燕哭了好幾天，想起前幾天的夜裡，她請芭瑟轉告它們幾位鬼孩童的那些話，難道自己早有預感？呃！不！

芭瑟就這樣，長期住在醫院裡。偶而會回家度個假，但是很快就又要入院了。反反覆覆的治療了一段時間，芭瑟終於不敵病魔，還是走了！

劉燕燕跟約翰談過數次，她說，小芭是被那幾個鬼孩童抓去了的，但是，約翰嗤之以鼻，說道：

「看不見的東西，不要迷信OK？我們小芭，被天父召去當小天使。」約翰雙眼含著淚：「是血癌害死了她。」

很少看到約翰流淚，劉燕燕不忍心再責備他不相信她的話。

約翰攬緊劉燕燕：

「妳不要傷心，我想，小芭一定不希望妳過得不好。我只希望妳把身體照顧好，以後，也許明年，我們可以再生一個小芭。」

劉燕燕掉下淚，搖頭：

「不！不要小芭，我要我以後的孩子，都健健康康，不要生病。」

燈光，拖長了兩夫婦緊擁著的身影，他們沒看到，在陰暗的角落裡，小芭的一雙小鬼眼，正盯著他們倆……。

第十章 魔滅人心

杜天順原本是健壯的水泥工，兩年前罹患大腸癌，沒想到最近又復發。再進入醫院時，醫生宣布他最多剩半年的壽命。

聽到這樣的消息，他整個人都變了，心境改變、思想改變，連同說話、生活作息，都完全不同於以往。

杜天順和妻子——明珠，育有一男一女。本來是快樂的小家庭，現在因為杜天順生病，使杜家陷入愁雲慘霧中。

好在明珠有工作，她的收入，雖然不多，但勉強可以應付家庭生計。治療期間，因為化療導致杜天順口腔潰爛、食慾不振，一家三口都守在杜天順旁，輪流照顧。

這一天，明珠上大夜班不在家。兒子——杜立名和杜立姣在照顧杜天順。

杜立姣從廚房踏出客廳，杜天順虛弱的表示要喝水，杜立姣連忙倒杯水，就在她轉身而未轉之際，眼角忽然看到杜天順躺著的另一邊，站了一個人！

這個人因為身穿黑衣黑褲，所以目標特別明顯！

亦即說，從杜立姣的側面，她清楚的看到這個人，站在牆邊……裡面。

因為，杜天順是緊靠著牆而躺著，他這邊是小茶几，另外一邊當然就是牆了。

杜立姣眉心一皺，待她正面轉向杜天順時，一切看來又是正常了。

原本，杜立姣沒太在意，畢竟她只是個讀小四的孩子而已。

等杜天順喝完水，立姣上前接過杯子，放到茶几上，正欲轉身之際，眼角又瞥到那個人！

這當口，她好奇心竄升起來，便停住，維持著這個姿勢——

也就是側面向著杜天順的方向！

由於好奇，她略側著臉……耶，這次看得更清楚了！

這個人……他戴著一頂黑色帽子，身穿黑西裝、黑長褲、黑皮鞋，臉特別白，臉頰特別削瘦，薄唇抿緊緊，眼光銳利的閃著碧綠色光芒，對了！就像貓眼！

杜立姣沒有注意這個人長相，她在意的是，為什麼他能站在牆裡面？

當杜立姣還在疑惑之時，那個人忽然眨了眨眼，轉望向杜立姣！

於此同時，讀小六的杜立名，由廚房猛衝出來，一個不小心撞上了杜立姣。

這一撞，把杜立姣撞偏，歪向一邊，她張口驚愕喊出聲：「呀——」

杜立名連忙拉住她，免得她摔倒：

「嘿！妳幹嘛呆站在這裡？」

「我、我……我看到……。」杜立姣扭頭，伸手指向杜天順。

咦？不見了！除了躺著的杜天順外，什麼都沒有，連牆壁也是空空地。

「什麼？爸怎了？」

「嗯？奇怪。」

杜立名看看杜天順，這會，杜天順閉著眼，正在打盹。

「妳才奇怪。還不趕快去做功課。」

「來！」

杜立姣拉著哥哥，把他身軀拉轉成側面站立，又伸手，擺弄著他的頭，讓他視線斜望向杜天順那邊。

「喏，有沒有看到？有沒有？」

杜立名猛搖頭，妹妹又把他的頭，一下轉偏一下轉正……最後，杜立名不耐煩了，一把甩掉妹妹的手，大聲喝斥：

「去做功課啦！搞什麼鬼。」

杜天順睜開眼，微弱問：「什麼事？怎麼啦？」

父親出聲了，兩個小孩子才乖乖拿出作業簿。

☢

今天是化療的日子，又正巧是周六。所以一大早，明珠和杜立名、立姣跟著杜天順到醫院。

通常，做化療必須住個一天以上，主要是怕病患會有什麼不舒服症狀，好讓醫生及早處理。

杜立名和杜立姣用完晚餐，還買了一個便當，準備給明珠吃。

正當他兩兄妹走進醫院時，忽然，杜立名停住腳步，口中「咦！」了一大聲。

杜立姣看哥哥一眼，問道：

「怎麼啦？」

「爸爸……。」

杜立姣眼露疑惑神色：

「爸怎樣？」

「他……。」杜立名伸手指著前方，一臉驚訝說不出話。

杜立姣循他手指望向醫院內，最裡面的角落。

由於已經八點多了，醫院內的人不多，杜立姣清楚的看到陰暗的角落裡，空空的，沒有人！

「他……他是誰呀？」

「哥哥，你說什麼啦？還不快走，媽在等吃飯呢。」

「我說，」杜立名湊近杜立姣，小聲道：「妳看到沒？那個人是誰呀？」

杜立姣順著杜立名手指的方向，左右探看。好一會，她拍掉杜立名的手：

「你好了啦！那裡沒有人呀！」

杜立名瞪大眼，看一眼杜立姣：

「喂！妳當我四眼田雞看不清楚，亂說話！」

「你本來就是亂講。」

「不信？我帶妳看看去！」

說著，杜立名拉住杜立姣的手，就要往角落去，這當口，他又大大的驚「咦！」出聲，頓住腳。

「又怎麼啦？」杜立姣不解的看他。

杜立名放開杜立姣的手，向前跑去，跑到角落處，他四下尋找起來。

杜立姣跟著跑過去，看他這樣忙著找，她不禁笑了起來。

「不要笑！」杜立名很嚴肅地罵她，前後左右又找了一遍，才死心的轉向電梯處。

「你有問題呀？」杜立姣問。

「妳才有問題。」杜立名懊惱極了。

在杜立姣的追問下，杜立名才說出方才所見。

原來，他看到杜天順和一個黑衣人，站在角落處。

「哈哈哈！哪有可能！」杜立姣忍不住大笑道：「你真的問題很大，你忘了爸爸在病房內打針。」

杜立姣一語點醒夢中人，杜立名恍然大悟：「對呀！」

忽然，杜立姣想到了什麼似的，急忙問：

「哥！你說黑衣人？」

杜立名用力點頭：「沒錯，妳也看到了？」

杜立姣搖頭，緩緩說：

「記不記得前幾天在家裡，我要你側過身看爸爸，有沒有？」

杜立名點頭。

「我就是看到黑衣人，站在牆壁裡面，盯著爸爸看。」

「嗯？這事太奇怪了！妳說黑衣人，長得怎樣？」

兩兄妹一對照，發現他倆所看到的黑衣人，是同一個！

兩兄妹進入病房，把便當交給明珠吃，一面敘述著方才所見。

杜天順手臂上，還吊著點滴，哪可能到醫院的下面跟誰說話。明珠認為是小孩子的童言，並沒仔細聽。

化療針劑注射完，醫生來巡視過一趟，差不多已是晚上九點多。

明珠要留在這裡，照顧杜天順。她催促兩兄妹道：

「順利的話，爸媽明天就會回家去，還要做功課，你們倆趕快回去。」

☢

梁景紅跨出病房，在走廊半途，突然一道瘦長黑色身影擋住了她去路。

梁景紅差點驚叫出聲，她掩住口，望著他……。

嚇！是魔羅羅！

不管它是什麼，總是救了她媽媽——王梅子的命，所以梁景紅非常感激它。

「祢……魔羅羅，您好。」梁景紅低聲說。

「妳可……記得……跟我的……約定？」魔羅羅發出低沉的怪聲，這聲音像雙聲帶，也像高低兩部合音一起說話。

梁景紅無言的點頭。

「任務……來了……」

梁景紅仔細地傾聽著魔羅羅的任務，聽到最後，她的臉變成了豬肝色。

魔羅羅雙睛如貓眼，閃出碧綠色光芒，銳利而冷漠的盯著她，聲浪恐怖地：

「有……困……難……？」

「不！不！不！我……當然願意。但，但是，我……怕我沒這個能力，萬一、萬一，任務失敗，我、我媽媽……。」

魔羅羅忽然咧開薄唇，狀極難看又恐怖：

「約定……就是……約定……妳……照做……就是……。」

梁景紅用力點頭。

魔羅羅滿意的由上往下，一截一截地慢慢消失……。

「等……請等一下。」

尚未消失殆盡，魔羅羅只剩半截下半部身軀，但恐怖聲浪依舊：

「哼？有……事……？」

「是想請問，我只要這樣，之後呢？」

「之後……就是……我的事了。」

說完，魔羅羅整個身軀，消失殆盡。

梁景紅整個人，宛如萎縮般，頹靠到牆壁喘著大氣。接著，她看看走廊，轉往另一個方向而去。

梁景紅來到杜天順的病房，探頭探腦，明珠躺在陪病床上休憩。看到梁景紅，她起身問：

「找誰？」

「請問，您是杜天順家屬？明珠小姐？」

明珠點頭，大訝地：「妳？」

梁景紅向她招手，明珠看一眼杜天順，跨出病房，梁景紅帶她到僻靜的轉角處。

「我姓梁，妳叫我景紅就可以了。」

明珠點頭：「我們認識嗎？」

「現在不就認識了？」

「說的也是。同病相憐呀。」

「我沒有病。」

「沒有病會到醫院來？妳是家人……誰生病吧？」

「我媽。」

明珠心想，這就對了。梁景紅迅速進入主題：

「妳先生杜天順，得到大腸癌，對不對？」

明珠點頭，卻相當訝異，繼而一想，若是有心人士到護理站一問，當然可以知道，所以不稀奇。她望著梁景紅，梁景紅看來不像詐騙人士。

「妳希不希望妳先生痊癒？」

「唉！不可能了。他……」

「可能不可能，不是妳說了算，只問妳要不要讓杜天順痊癒？」

「呀！那當然。」

梁景紅頷首，說：

「那，能否請妳讓我單獨，跟杜天順說話？」

「當然可以，只要這樣，讓妳跟他說話就可以讓他痊癒？」明珠疑惑極了，上下打量梁景紅：「妳要賣什麼藥給他吃嗎？」

「不是！」梁景紅一攤雙手，表示她身上沒有藥：「請妳不必多問。我也是被人委託，事不宜遲，我現在進去跟杜天順說話。」

明珠當然迫不及待的同意了——雖然心裡還是有強烈的疑慮。

☢

化療回到家，杜天順的身體，一天比一天好起來。

他不但可以喝水，還能進食。

化療告一段落，到了回診的日子。

醫生看到杜天順，感到非常訝異。

他完全不像個病人，說話中氣十足，醫生仔細問明珠，杜天順曾否吃過什麼藥？又看過什麼醫生？

杜天順搶著替明珠回答：

「沒有，完全沒有。是醫生您治療有效的結果。」

明珠笑了，開心地笑了。

「唔？」醫生看著杜天順的病歷表，實在不可思議，不過他也不便談太多，一切還是得看檢查的數據，這才是最正確最可信的。

就這樣，醫生替杜天順開出診單，要做X光、抽血檢驗、癌胚抗原檢驗……等等例常檢查。

一個月後，杜天順來回診。報告上的數據，讓人瞠目驚詫，癌胚抗原還有腸道的各式血液指數已回降到——幾乎回歸正常的指數。

這一來，連醫生都不知道該如何下手，繼續治療了！

當下，醫生開出一些藥，就讓杜天順回家了。

不過醫生說等三個月後，再來檢查看看。

這什麼狀況呢？明珠不解了。

不管什麼病，就算病好了也是逐漸慢慢恢復，哪有這麼怪異，說病好立刻就好了的呀？

但不管怎樣，杜天順恢復健康，可以再去上班賺錢，一家子又跟以前一樣，過正常的日子，這可是明珠最大的安慰了。

欣喜之餘，明珠到處拜佛拜神，感謝天地、感謝神靈。

這還不夠，她還要……。

這一天，是個清朗假日，明珠向杜天順、杜立名、杜立姣宣布：

「今天，我們要到廟裡拜拜。」

「我有點累，不想去。」杜天順立刻說。

「不行！之前都只有我去拜拜，我跟神明說過一定要帶你們去拜謝神明，就這一天你也不想去？想想看，你的命是撿回來的，這一點你都做不到？」

杜天順，忽然睜大眼，瞪住明珠，口氣超差地：

「妳說什麼？我的命我可以自己決定，又不是哪位神明賦予我呀！」

「唉唷唷，我的先生，你說話也不怕閃了舌頭，千萬不可以褻瀆神明，會招災的啊！」

爭不過明珠，加上杜立名、杜立姣的幫襯，杜天順只好跟大家去廟裡。

不過，因為爭執浪費了些時間，大夥要出門時，天色已經向晚了。

☢

在臺北市，這間『XX宮』是出了名的靈驗。

杜家一家人到達時，大多數的信徒都往外走，準備回去了。但也有少數人，有來祈求、有來還願，還在大殿裡拜拜。

卻說，杜天順剛走到廟門，尚未跨進去，忽然間整個人臉色發白，身軀搖搖欲墜，接著，整個人昏厥了。

他後面是杜立名，連忙撐住杜天順身子，杜立名叫道：

「媽！媽！爸不舒服。」

明珠返回身，看到杜天順這麼嚴重，只好跟兒女，先把杜天順扶到一間附近小吃店休息。

所幸，一面走，杜天順漸漸醒轉過來。

「你現在怎樣？好點沒有？」

杜天順頷首，喝了杯飲料，漸漸恢復了。

既然這樣，天色又將暗了，全家大小，用過晚餐，只好打道回府。

回到家，杜天順早早就上床睡覺。明珠卻跌入思緒裡。

今天這情形，讓她很擔心：

——杜天順到底是怎回事？身體還沒完全恢復？還是有什麼後遺症？要不要去看醫生？

杜立名悄悄走進客廳。

「還不去睡？明天要上課不是嗎？」

杜立名沉著臉，不語。明珠追問下，杜立名看一眼房間，低聲說：

「媽！妳不覺得，爸有點奇怪？」

「唔？」明珠看一眼兒子：「你說，他哪裡怪？」

「以前，爸爸都很疼我們，現在變得很暴躁。」

明珠點頭，這個她也有感覺，只是沒那麼強烈，現在聽杜立名說，倒是真的，還有，杜天順有許多跟以前不一樣的習慣，例如：喝酒。

這時，杜立姣慢騰騰的走出來。

「妳還不睡啊？」

「媽，我今天在廟門口，看到爸爸……。」

明珠食指放在嘴唇上，作勢要杜立姣小聲，然後，招手叫她過來沙發邊。

「妳說，爸爸怎樣？」

杜立姣壓低聲音，說出。

到了廟門口，她走在最後面，她看到杜天順抬腳，正要跨進廟門內，忽然廟門旁幻化出一個高壯身影，這個人迅速的伸出一隻大手，兜頭甩了杜天順的頭一掌，緊接著又伸手，再揮出第二掌。

這時，杜立姣看到杜天順的身軀裡，有一道黑色影子，被甩彈出來──彈離開杜天順的身體，杜天順的肉體，就軟軟的昏厥了過去。

明珠接口問杜立名：

「你看到了沒？」

杜立名搖頭，反問杜立姣：

「妳看清楚，那個黑色影子是誰嗎？」

「沒有，不過很像之前我跟你看過的那個又高又瘦的黑衣人。」

明珠忙問：

「什麼黑衣人？」

兩個小孩子，一五一十地說出，之前看到的黑衣人長相。

「真的？」明珠問，神情有點緊張。

兩個小孩點頭不迭。

「啊？有這種事？」明珠近似低喃的皺起眉頭。

「還有，爸爸很奇怪。」

明珠看著杜立姣，杜立姣語焉不詳，還愈說愈低聲，終至無聲。

「爸爸跟以前，完全不一樣，最近更奇怪……很喜歡摸我……。」

就在這時，突然一聲轟雷也似的大聲響，讓客廳的母子三個人，嚇了一大跳。

「你們不睡覺，在背後說我壞話？啊？」

是杜天順，不知道什麼時候，他走入客廳，暴躁地大斥。

明珠怕他生氣，急忙趕兩個小孩去睡覺，她則立刻關燈，把杜天順哄入房間。

☢

明珠費了好大勁，終於找到了粱景紅，問她，到底杜天順是怎麼回事。

「妳先生的病，不是好了嗎？」

「是沒錯，但是……」

「唉！這妳還不滿足嗎？妳還想怎樣？」

「我沒想怎樣，只是想請妳告訴我，妳跟我先生到底說些什麼話？」

「抱歉，我恐怕恕難從命。」

「我跟妳說，自從我先生恢復健康後，整個人都不一樣，包括他的習慣、個性、還有……。」

「我覺得妳倒不必擔心這些，妳知道，我媽也是癌症病人，她身體康復後，個性也改變很多，因為她看透了生命的價值，所以她會把一些自認為不好的習性，改過來。」

「是嗎？」

「我的看法是，只要我媽媽身體平安健康，其他的事都不重要。如果想讓我媽媽像以前年輕時那樣，應該是不可能了。」

明珠皺緊眉頭。雖然，梁景紅說的有道裡，她也無法反駁她的話，但就是覺得不太……。

不太怎樣？她倒說不出來。

「拿妳來說，明珠小姐，妳還沒結婚時，跟妳結婚後，個性是否多少會有些改變？還有，生了小孩後，是否變得更多？」

明珠點頭，是沒錯。

「請問妳，妳還能回到以前，還沒結婚時的個性嗎？」

唉！本想探問出杜天順改變的原因，這會，反讓梁景紅嗆得無話可接。

明珠只好鎩羽而歸。

她其實也很忙，她要上班、又要煮三餐，這件事就這樣延宕了下來。

至於杜天順的暴躁性子，她也只能包容相處。

不過，表面的安寧，並不代表一切都沒事。

這一天，明珠上白天班，因為臨時加班，耽誤了回家的時間，好在兩個孩子要上補習班，會更晚回來，她估算了一下，還來得及煮晚餐。

跨進家門，明珠首先感到不對勁！

太安靜了！安靜得不尋常。她躡手躡腳經過客廳，正要走進廚房時，猛然一陣囂張的嬌笑聲，讓她吃一驚，頓住腳。

聲音從房間傳出來，可卻陌生得緊。她側耳傾聽一會，沒了聲息。她繼續向後走，忽然……。

「呵呵呵……。」

嚇！尖銳，像雙聲帶的恐怖聲浪，是明珠從沒聽過的笑聲。

「唉唷！你……好壞哦！」接著，是一串女人的嬌笑聲。

明珠倒吸口冷氣，是可忍，孰不可忍！小三都跑到家裡來……尋歡作樂了，像話嗎？

明珠一口氣衝到門口，門上了鎖，她極端憤怒，用工具猛烈敲打，不到半分鐘，門被打開了。

杜天順穿戴整齊，倚在床邊，斜睨著明珠！

「她呢？那個賤女人呢？」衝進房，明珠翻床倒櫃，可奇怪的是，找不到半個人！

「你給我說清楚，啊！你什麼時候會嫖女人還帶到家裡來？說，死到哪裡去了？」

「妳不要胡鬧好不好？趕快煮晚餐啦！肚子餓死了。」

嘿！不管明珠怎麼找，就是沒看到半個女人，可是方才明明就有浪笑聲啊？

「被我抓到，你就慘了。」明珠指著杜天順。

杜天順下床，不急不緩，走向房門：

「現在呢？妳找不到，就可以證明我是清白的，我該怎麼對妳？」

明珠啞口無言，心不甘情不願的轉進廚房。

☢

杜天順的形跡，愈來愈詭異，愈來愈離譜，明珠幾乎無法再忍受下去了，可是她又不知道該怎辦。

不說杜天順，就連杜立名、杜立姣兩個孩子，也出現怪異的行為和個性。

人家說：家醜不可外揚。基於此，明珠盡量忍耐、忍耐、再忍耐！

只是，忍久了，還是會出事的啊！

這一天是假日，用過午餐不久，大家都去午睡。

有人按杜家門鈴。明珠去應門，是杜立姣的班導——黃老師。

明珠忙請她落座，她問明珠，最近杜立姣很不對勁，是不是家裡出了狀況？

「是，前陣子她爸爸生病，現在恢復健康。應該沒事了呀。」

黃老師拿出杜立姣的週記簿，上面每頁每篇，都充滿了憤恨盛怒。到了後面，轉成更多的頹廢喪志，甚至談及哪種自殺是最好、最不會痛。

看到這些，明珠大大的震驚極了！

立刻叫杜立姣出來，一個才小五的學童，週記上所敘述的，有什麼深不可測的內幕嗎？

明珠跟黃老師軟硬兼施，或正面、或反面、或旁敲側擊，不斷的引導問她，最後，杜立姣掩臉哭了，卻始終沒說出來。

不得已，黃老師只好先離開杜家，明珠答應，要好好問出端倪。

晚飯後，明珠跟杜立姣出去散步。

在住家附近公園裡，明珠用盡各種技巧，一再追問之下，杜立姣才淚流滿面，斷斷續續地說出，杜天順對她一再施暴，她不敢說，也沒人可以說。

明珠當場火冒三丈，就要回家找杜天順理論。

她其實也是想證實，畢竟多年夫妻，她還真不敢相信，杜天順會做出這種……亂倫之事！

「不！不要！」杜立姣手腳顫抖地拉住明珠的袖子。

「我想，妳是不會說謊，但是，我也得當面問問他，他是妳爸爸！怎能做出……這種事！」

說到後來，明珠也快哭出來，只是，她勉強壓抑住，滿腹辛酸，只能往肚裡吞。

「不！不行！爸爸說不能說，連媽媽也不能說，不然，我們家……會……。」杜立姣涕泣著，小嘴不斷抖簌。

明珠咬牙，腦際思緒不斷翻飛，即使不說，現在的家裡，還像家嗎？還有溫暖嗎？

明珠終至忍不住，淚水像瀑布狂洩而下。最後，兩母女抱頭痛哭。

明珠真的不知道，杜天順的癌症痊癒了這件事，到底是好？還是不好？

或許當初杜天順死了，家裡還來得平穩些啊！

哭過了，淚也流盡了，現在明珠必須考慮的是要報警處理？就算杜天順要被關一輩子，她也必須橫下心。還是……就讓這件事——到此為止？

誰？有誰可以告訴她要怎麼做才是最好，最正確？

杜天順的行徑——

從世俗眼光來說：是人性泯滅。

從另一個角度來說：是魔滅人心！